身代わり婚約者なのに、銀狼陛下がどうしても離してくれません！

くりたかのこ

B's-LOG BUNKO
ビーズログ文庫

Contents

身代わり婚約者なのに、銀狼陛下が
どうしても離してくれません！
Characters
★★★
アイリ・ベルンシュタイン
ベルンシュタイン伯爵家の養女。長女であるがゆえに責任感が強く、世話を焼いてしまう性格。なぜか昔から動物に好かれやすい。
ギルハルト・ヴェーアヴォルフ
人狼の血を引き、周囲から『銀狼王』と称される若き国王。思慮深く聡明な美丈夫だが、実は誰にも言えない秘密があるようで……？

ベルンシュタイン
アイリの義理の妹。
アイリと顔立ちはそっくりだが
華やかで派手好き。

サイラス・レッチェ
首席近侍長。常に無表情のため、
何を考えているか分かりにくい。
ギルハルトとは学生時代からの友人。

カスパル・ベルンシュタイン

ベルンシュタイン伯爵家当主でアイリの叔父。
アイリのことを『地味で見栄えがしない』と称し、
クリスティーナと比較する。

グレル侯爵

アイリの叔父・カスパルと犬猿の仲で、
ベルンシュタイン伯爵家から
王妃を輩出する慣習の反対派筆頭。

エーファ

王宮でアイリの世話係を
務める侍女。明るく物腰柔らかで、
アイリを優しく支える。

イラスト／くまの柚子

――序・非日常は突然に

ベルンシュタイン伯爵家《はくしゃくけ》のタウンハウスにて。寝耳《ねみみ》に水の大事件が起こったのは、当主とその愛娘《まなむすめ》による国王陛下《へいか》への謁見《えっけん》を翌日に控《ひか》えた夕刻のことだった。

『捜《さが》さないでください』

それだけが記された置き手紙を前にして、ベルンシュタイン伯爵夫妻は目を剝《む》いていた。

「クリスティーナの姿がない……？　おまえたち、本当によく捜したのか⁉」

「ああ、クリスティーナ！　王妃《おうひ》になる重圧に耐《た》えられなかったのね……マリッジブルーと言ったかしら……不安に気づいてあげられなかったなんて、かわいそうなことを」

愛娘の失踪《しっそう》に、伯爵は責任の所在を求めてヒステリックに騒《さわ》ぎ立て、夫人は嘆《なげ》くばかり。使用人はすくみ上がり、飼い犬はキャンキャン吠《ほ》えたて、幼い息子《むすこ》は号泣《ごうきゅう》している。

この混乱のただ中、アイリ・ベルンシュタインはひとり頭を抱《かか》えていた。つい先ほど、自室でみつけた自分宛《あ》ての手紙を背に隠《かく》して手の内で握《にぎ》りしめる。

それは、失踪したクリスティーナ――アイリの義理の妹からの手紙だった。

『お姉さまへ　あたくし、銀狼《ぎんろう》陛下のところへ行きたくなくなりましたの』

クリスティーナは続けて失踪の理由を記していた。

宮廷《きゅうてい》は隠《いん》ぺいしようとしているが、数か月前から『銀狼陛下』は精神的錯乱《さくらん》状態に陥《おちい》っている、と。

社交界で懇意《こんい》になった宮廷関係者から得た極秘情報によれば、陛下は暴君になり果てた、とのことだ。気に入らない臣下に暴言を吐《は》き、剣《けん》を抜《ぬ》いては暴虐《ぼうぎゃく》の限りを尽《つ》くすという。すでに凶刃《きょうじん》の露《つゆ》と消えた哀《あわ》れな臣下もいるらしい――。

『そんなの、とっても怖《こわ》いじゃない？　お父様とお母様がショックを受けてはかわいそうだから、陛下が暴君だって話はくれぐれもナイショにしてちょうだいね！』

――暴君……？　ナイショって……どうすればいいの⁉

奔放《ほんぽう》な性格の義理の妹に振《ふ》り回《まわ》されるのは、これが初めてではない。むしろ日常《にちじょう》茶飯《さはん》事なのだが……。

アイリ・ベルンシュタインは、伯爵家の養女であり長女である。

アイリの生まれ育ったこの国において、ベルンシュタイン伯爵家は特殊《とくしゅ》な一族だった。

数百年の昔、異民族の侵攻《しんこう》を退《しりぞ》け建てられたルプス国――その建国を果たした初代国王の妃《きさき》となった女性の血を引くのがベルンシュタイン一族である。

　現代にまで、不定期ながらもベルンシュタイン伯爵家からの王妃輩出《はいしゅつ》は続いていて、その旧《ふる》いならいはベルンシュタイン伯爵家を伯爵家たらしめる。

　前回、王妃を出してからもう百年は経《た》つのだが、伯爵家にとって何よりも優先し重んじるべき絶対の名誉《めいよ》であることに変わりはなく、その絶対から妹が逃亡《とうぼう》したのは、青天《せいてん》の霹《へき》靂《れき》と言っておおげさではない。

　なんとか場の冷静を取り戻《と もど》そうと、アイリは叔父《おじ》伯爵に進言した。

「叔父様？　とりあえず、クリスティーナは〝急病〟ということにしませんか？　あの子を捜す時間を稼《かせ》ぎましょう」

　建設的な提案をしたつもりだったが、伯爵は目を剝いてアイリに対し怒鳴《どな》り返す。

「それはならんっ！」

「ど、どうしてですか……？」

「ええい、ならんものはならんのだ！　ともかく、明日、間違《まちが》いなくクリスティーナを拝《はい》謁《えつ》させねば、伯爵家は没落《ぼつらく》するものと心得ろ！」

「えええっ⁉」

「爵位《しゃくい》を落とされ領地を没収《ぼっしゅう》されることだけは、なんとしてでも避《さ》けねばならん――ただでさえ領地収入が減っ……ではなく、一族の名誉を守らねば、ご先祖様に顔向けができん！　頼《たの》む、頼むからクリスティーナ、戻ってきておくれ……！」

両手を組み合わせて天に祈《いの》りを捧《ささ》げる叔父は、何やらぶつぶつと独り言をつぶやくばかりで、もうアイリの言葉など聞く気はないらしい。

願いも虚《むな》しく、王宮へ上がる当日の朝になってもクリスティーナは戻ってこなかった。

一晩中、広間の卓《たく》に座ったまま、組んだ手の上に額を当てていたベルンシュタイン伯爵は青ざめきっている。

叔母《おば》、弟、二人の使用人、犬、そしてアイリが見守る中、当主は口を開いた。

「……アイリよ」

「え、は、はい」

名指しされるとは思っていなかったアイリが戸惑《とまど》いながら返事をすれば、叔父は横柄《おうへい》に言い放った。

「クリスティーナは、必ず捜し出して連れ戻させる。だから、とりあえずおまえが王宮に向かいなさい。おまえが、陛下に拝謁するのだ！」

1.　身代わり婚約者は命がけ？

アイリは叔父《おじ》に連れられ、ルプス国の王宮を訪《おとず》れていた。

謁見《えっけん》を控《ひか》えて身につけているドレスは、アイリが今まで一度も着たことのない華《はな》やかな衣装《いしょう》だった。しかし、自分のものではないのでサイズが合っておらず歩きにくい。アイリは、妹よりも少しだけ背が高く痩身《そうしん》なのだった。

ドレスとアクセサリーの色合いも、妹の明るい碧眼《へきがん》に合わせたもので、アイリの藍色《あいいろ》の瞳《ひとみ》に合ってはいないが、アイリの所持している衣装はどれも宮廷《きゅうてい》にふさわしいとは言いがたいので仕方がない。

アイリの実の母親はアイリが生まれた時に、そして、実の父親はアイリが二歳の時に亡《な》くなった。亡き母の遺《のこ》したものを直し、大切に着ているドレスは、どれも古いデザインばかりなのだ。

「あの……叔父様？　本当に、陛下《へいか》に拝謁《はいえつ》するのが私でよろしいのですか？　叔父様は昨晩、間違《まちが》いなく今日、クリスティーナを拝謁させなければならないと……私は、クリスティーナではありませんし、クリスティーナが輿入《こしい》れするのは、先代の王陛下とのお約束なのでは」

「当然だ。かわいいクリスティーナより他に、この国の王妃《おうひ》にふさわしい令嬢《れいじょう》がいるはずがないだろう。地味で見栄《みば》えのしないおまえには、とりあえず王をなだめてほしいと言っているだけだ。地味で見栄えはしないがな！」

——なんで『地味で見栄えのしない』って二回言ったのかしら……。

本当のことではあるし、指摘《してき》をすれば十倍にして怒鳴《どな》り返されるのが常であるので、いつものように聞き流してから、アイリは確認《かくにん》を取った。

「叔父様は、私に『陛下の御前《ごぜん》でクリスティーナのフリをしろ』とおっしゃっているのですね？」

アイリは今年十七歳。妹は十六歳の一歳違《ちが》いだ。本来いとこ同士なだけあり、二人は顔かたちがよく似ていて、髪《かみ》の色も同じ金。瞳の色と体型は多少違っているしアイリは地味な服装しかしないが、もしも装《よそお》いが似通っていれば他人が見分けるのは困難だろう。

だから一日だけ身代わりとして誤魔化《ごまか》す、といえばできないこともないかもしれないが
……誤魔化す相手が相手である。

「それは自分で考えなさい。おまえの考えに任せるとしよう」

叔父はしれっとして明言を避《さ》けた。あたかも鷹揚《おうよう》を装っているが、つまり、アイリの責

任でクリスティーナを名乗り、身代わりを務めろと命じているのだ。後々責められたときは〝アイリが言いだしたこと〟で済ませたいのだろう。

一国の王をたばかり、それが露見《ろけん》したとき、どれほどの咎《とが》が及《およ》ぶのか想像もつかないアイリであるが、叔父はやはり鷹揚ぶって手を振《ふ》った。

「まあ、心配することはない。十年間、待ちに待たされて、クリスティーナはナーバスになっただけだ。すぐに戻《もど》ってくる」

妹が待ちに待たされた、というのは事実だった。婚約者《こんやくしゃ》同士であるはずの王と妹が対面したのは、十年間でたったの二回きり、それもほんの短時間である。

「おまえは、いつでも妹を支えてやってくれていただろう。かわいいクリスティーナが、つつがなく王宮に上がるための準備と考えればいい……そうだな、機嫌を損ねた時に備えて銀狼《ぎんろう》陛下の攻略《こうりゃく》法なんか用意してくれてもかまわんのだぞ？　んん？」

あまったるい猫撫《ねこな》で声《ごえ》で無茶苦茶な要望をする。

養女として物心つく前から世話になっている養父は、いつでもこんな調子だった。アイリに対して無茶を命じるときだけ猫撫で声になる。目の前の問題を先延ばしにして、その場を取《と》り繕《つくろ》うことを繰《く》り返《かえ》す。

いいかげんな行いの結果として、叔父と失踪《しっそう》中の妹の放蕩《ほうとう》によって費《つい》やされたベルンシュタイン伯爵家《はくしゃくけ》の財産は目減りし続けていた。一人二人と使用人が減り続け、屋敷《やしき》には使用人の数が足りていない。

ぎりぎりの切迫《せっぱく》した窮状《きゅうじょう》が慢性《まんせい》化して数年、今では使用人の仕事のいくつかをアイリが引き受けねば回らないほどなのだ。

「……わかりました。やるだけやってみます……」

叔父の無茶に承諾《しょうだく》せざるを得ないのは、養女の負い目に他ならない。

これがアイリの日常なのだった。


十年前、慣習によりベルンシュユタイン伯爵家は、当時の王太子ギルハルト・ヴェーアヴォルフの妃《きさき》候補を、親族含《ふく》む娘《むすめ》たちの中から一人推挙《すいきょ》するようにと王家から求められた。

ベルンシュタイン伯爵は、迷わず実の娘のクリスティーナの名を挙げた。

そして二年前、先王が男盛《ざか》りの年齢《ねんれい》で不幸にも病《やまい》で崩御《ほうぎょ》し、ギルハルトが玉座についた。

新王ギルハルトの優秀《ゆうしゅう》さは、あっという間に巷間《こうかん》に知れ渡《わた》った。剣技《けんぎ》に優《すぐ》れ勇猛果敢《ゆうもうかかん》、思慮深《しりょぶか》く聡明《そうめい》であり、見目も麗《うるわ》しい。若き王は今では『銀狼王』とあだ名されている。

そんなすばらしい人物が未来の夫になるのだから、クリスティーナには不満など何一つないはず、と言いたいところであるが、前述した通り、婚約が決まってからの十年間、クリスティーナが銀狼王と対面したのはたったの二回きり。二年前の戴冠式《たいかん》と、一年前の社交界デビューでの謁見のわずかな時間のみである。

多忙《たぼう》を理由にして王は臣民に対して婚約者のお披露目《ひろめ》なども行おうとはしなかった。

未来の王妃として両親に蝶《ちょう》よ花よと大切に育てられたクリスティーナは、やがて社交界でひらひらと飛び回るようになった。

月日は流れ――ついに、『婚約者と顔合わせがしたい』というお達しが王の署名付きで届いたのは、十日前のことだ。

アイリの養父、カスパル・ベルンシュタイン伯爵は待ちに待った日の訪れに、懇意《こんい》にしている貴族を集めた。

『いやはや、我が娘が国母となる日も近いと言うわけですなぁ！　がははははは！』

派手に祝賀会など開いて鼻高々、すっかりお祝いムードに浮《う》かれきったベルンシュタイン伯爵家は、しかし、急転直下の大波乱に襲《おそ》われることとなる。

王との顔合わせを翌日に控えた夜、クリスティーナがなんの前触《まえぶ》れもなく姿を消したのだ。そして、現在のアイリの窮状に至る。

妹の手紙によると、銀狼陛下は恐《おそ》ろしい暴君とのことだ。

社交界には妹の付き添《つそ》いでしか出たことのないアイリは、貴婦人たちと噂話《うわさばなし》に花を咲《さ》かせたこともない。だから、どれほど信憑性《しんぴょうせい》のある話か不明であるが――。

「クリスティーナが嘘《うそ》をつくとも思えないし……」

妹は決して臆病者《おくびょうもの》ではない。よく言えば勇気があり、悪く言えば大変に図太い。遊び好きではあるが、現実的な思考の持ち主である。

その妹が逃《に》げ出したということは、つまり、よほどの危機を悟《さと》ってのことだ。アイリはそう察していた。

幼い頃《ころ》からアイリは妹と明確に区別され育ってきた。華やかな妹と英邁《えいまい》な王の婚姻《こんいん》は、常に地味で見栄えのしない装いとふるまいをしてきたアイリとは無関係であると、しつこいくらいに言い含められ、雲の上のお話だと承知してきたというのに――。

――銀狼陛下の攻略法を用意しろ、だなんて……。

銀狼王と渡り合う自信もなければ、『暴君』を懐柔《かいじゅう》する方法を探《さぐ》るなど、無茶ぶりにもほどがある。

興奮した犬や子どもをなだめるのは、なぜだか昔から異様にうまいアイリであるが、大人の叔父には通用しない。一国の王相手であれば言わずもがなというものだ。

――犬と子ども、と言えば。

壮麗《そうれい》な王宮の回廊《かいろう》を歩きながら、前を歩く叔父に対して気がかりを問うてみる。

「『攻略法』を探り出す、ということはクリスティーナが見つかるまで、何度か陛下にお会いしなければならないんですよね？　その間、誰《だれ》がカールとジョンと、叔母《おば》様の面倒《めんどう》を見るのですか……？」

カールというのは弟で、ジョンというのは飼い犬だ。

ベルンシュタイン伯爵家において、アイリは日々、大変に多忙である。

弟妹《ていまい》の世話と犬の世話、本来であれば伯爵夫人である叔母が仕切るべき使用人たちのとりまとめ、名門貴族の箱入り令嬢として何不自由なく育ってきた叔母の世話までもがアイリの仕事となっていた。

叔父が遊び人で唯一《ゆいいつ》助かるとすれば家にいつかないことだろう。もしも四六時中家にいれば、負担は何倍にもアイリにふりかかっていたはずだ。

たとえば、たまたま叔父が在宅しているときに、暖炉《だんろ》の掃除《そうじ》までもアイリが引き受け煤《すす》だらけになっていると、『ベルンシュタインの娘としてみっともないことをするな、恥《はじ》を知れ！』と罵《ののし》られる。叔母は叔父に追従して非難めいた視線を向けるのみ。かといって、彼らがアイリの代わりに掃除することもなければ、使用人を増やすこともない。

どんなに金欠でも叔父が派手な遊びをやめずにいたのは、愛娘《まなむすめ》が未来の王妃であり、多額の結納《ゆいのう》金や所領が手に入るのをあてにしきっていたからであり、クリスティーナの逃《とう》亡《ぼう》に取り乱すのも無理からぬ話というわけだ。

「家の心配？　そんなものより、王の機嫌《きげん》を損ねないことだけを考えなさい」

犬はともかく、自分の妻と息子《むすこ》を『そんなもの』扱《あつか》いする叔父は、ハッとした様子で口をつぐむ。

自らの暴言を恥《は》じたからではない。回廊の向こうから、ぎらぎらと豪奢《ごうしゃ》な衣装をまとった貴族然とした男が、お付きの者をぞろぞろ従え歩いてきたからだ。

きらびやかな中年の貴族男は、大きな羽根つきの帽子《ぼうし》を優雅《ゆうが》なしぐさで脱《ぬ》ぐと、叔父に向かって愛想《あいそ》よく挨拶《あいさつ》した。

「いやはや、ベルンシュタイン伯ではないか！　ごきげんよう！」

「これはこれは！　奇遇《きぐう》ですなぁ、グレル侯《こう》！」

一見、友好的に握手《あくしゅ》を交《か》わし合う両者であるが、別れの挨拶を交わした叔父はきらびやかな男の姿が見えなくなると、途端《とたん》にハンカチで手を拭《ふ》き始める。まるで汚《きたな》い物にでも触れたように、執拗《しつよう》に指先まで拭《ぬぐ》いながら、忌々《いまいま》しそうに顎《あご》をしゃくった。

「よーく覚えておけ。あの下品極《きわ》まりない男は我らベルンシュタインの敵！　月の聖女反対派の筆頭、グレル侯爵《こうしゃく》だ！」

「月の聖女反対派？」

「正確に言えば、『月の聖女を王妃に据《す》える慣習に反対する貴族の一派』だな」

叔父の話によると、ルプス国の一部の貴族から『ベルンシュタイン伯爵家から王妃を輩《はい》出《しゅつ》する慣習は無意味だ。完全に撤廃《てっぱい》せよ』との声が上がっているという。

この慣習が最後に適用されたのは、もう百年も昔のこと。

さらに、決定は当代の国王の独断であり、宮廷会議にもかけられることがない。創国から年を経るごとに適用には間隔《かんかく》があいており、つまりは『時代に即《そく》していない』というのが反対派の言い分だ。

もしも『定められた婚約者《クリスティーナ》が逃亡しました』と露見すれば？　無責任かつ、先王陛下に対して不敬極まりないと反対派にとって大きな追い風になることだろう。

「今、反対派に隙《すき》を見せるわけにはいかんのだっ」

だから、急病を理由に、クリスティーナが拝謁を欠席するわけにはいかなかった。

「『病がちな令嬢が、はたして銀狼陛下の妃にふさわしいでしょうかねぇ？』なーんて嫌《いや》味《み》を言うに決まっておるわ！　あのごうつくばりの孔雀野郎《くじゃくやろう》めがっ」

叔父はぶちぶちとまくしたてる。

「なぁにが『時代に即していない』だ、罰《ばち》当たりどもめ！　それらしい理屈《りくつ》をつけて自分の娘を王妃に据えるチャンスを欲《ほっ》しておるだけではないか！　自己中心的で強欲《ごうよく》な、飢《う》えた豚《ぶた》どもに餌《えさ》をくれてやるものか。よいか、アイリよ。絶対に、この難局を乗り切るぞ！」

自分の身勝手を棚《たな》に上げて調子よく鼓舞《こぶ》してくる叔父に閉口し、もはやアイリには返事をする気力もないのだった。


王の近侍《きんじ》という男に通された謁見の間にて、待たされること三十分。

ドカドカと廊下《ろうか》の向こうから長靴《ちょうか》の音が聞こえてきたかと思うと、ようやく姿を現して座についた若き王は、婚約者とその父親の来訪をねぎらいもしなかった。

開口一番、舌打ち交じりにつぶやく。

「……グレル侯の次は、コレか……」

ルプス国王ギルハルト・ヴェーアヴォルフは、すさまじく不機嫌だった。

迷惑《めいわく》だ、と言わんばかりのとげとげしい雰囲気《ふんいき》に、アイリは驚《おどろ》きを通《とお》り越《こ》して、呆気《あっけ》にとられていた。

――そちらから呼び出しておいて……!?

謁見の場である。当然、口には出さない。

隣《となり》に控える叔父も、王の態度にひるんだようではあるが、不満を顔にすら出さなかった。この叔父、自分より権力のある相手にはめっぽうへりくだるのだ。

謁見中であるにもかかわらず、王は侍従《じじゅう》に持たせていた書類を右手に、左手には何やら飲み物の入ったカップをひったくるように取り上げると、書類に集中し始めた。

邪魔《じゃま》をするな、とばかりにピリピリとしたものが伝わってくる。

王の手にしたカップからは毒々しくすらある茶の匂《にお》いが放たれていて、この異様な空間をいっそう奇妙《きみょう》な空気にしていた。

暴君、という単語がちらつく頭の中、アイリは、とある可能性に行きあたる。

自分の結婚《けっこん》相手に対して、ここまで冷たい態度を取るとは、それも、自分から呼びつけた相手を前に書類仕事を始めるなんて――。

――まさか、陛下が不機嫌なのって、私がニセモノのクリスティーナだってすでに気づいていらっしゃるからなのでは……!?

銀狼王と呼ばれるこの王は、暴君疑惑《ぎわく》は置いておいて、思慮深く聡明であるともっぱらの評判だ。

さらに、この一年の社交会シーズン、クリスティーナは熱心に舞踏会《ぶとうかい》やら茶会に出席し、『王の婚約者』として顔も名前も売れに売れているのだ。

アイリと妹は、いとこなだけあり顔立ちこそ似ているものの、クリスティーナは肉感的な体つきなのに対して、アイリは叔父曰《いわ》く『貧相《ひんそう》な体つき』で体形が違っている。

まがりなりにも婚約者である国王陛下が、クリスティーナの社交界での評判を承知していれば、違和感《いわかん》を覚えることだろう。

緊張《きんちょう》にドキドキと鼓動《こどう》が速いアイリは王の顔をまともに見られずにいる。というか、もはやバレるバレないよりも、剣呑《けんのん》さを隠《かく》す様子もなく、邪魔をすれば喉笛《のどぶえ》にでも噛《か》みつきそうな気配さえ放つ銀狼王が、純粋《じゅんすい》に怖《こわ》かった。

——気の立った犬って、こんな感じよね……。

そう思うと、ほんの少しだけ気が紛《まぎ》れる。

伯爵家の飼い犬は、ベルンシュタイン家の誰よりもアイリに懐《なつ》いて——というより、アイリだけにしか懐いていない。義理の弟にあたる十歳になる長男が犬が欲《ほ》しいとせがみ、三日と経《た》たずに飽《あ》きた末に、アイリが世話を押し付けられた経緯《けいい》を持つ。

我が家で育てたその犬よりもはるかにやんちゃな、所領の牧場で飼われている犬たちをアイリは思い出していた。現実逃避《とうひ》である。

飼い犬同様、牧場の犬たちは、避暑《ひしょ》に訪れた伯爵夫婦や妹に対して威嚇《いかく》し吠《ほ》えたりうなったりするが、どういうわけかアイリが姿を現すとご機嫌になった。

羊やヤギ、牛や馬、ともかく動物たちはアイリに寄ってきてはすりすりと甘え、やがて撫でられる順番をめぐって喧嘩《けんか》が勃発《ぼっぱつ》し、メーメーヒヒンと大騒動《おおそうどう》に——。

——慕《した》われているのか、おもちゃにされているのか、よくわからなかったわ……。

脳裏《のうり》に展開されるのは、動物にもみくちゃにされた記憶《きおく》で、現実逃避にはふさわしくなかったようだ。仕方なく、アイリは目の前の現実と向き合うことにする。

暴君、という前情報もあいまって、直視するのもはばかられたが……その姿を初めて目《ま》の当《あ》たりにした途端。

――なんて綺麗《きれい》なお方だろう……！

アイリは雷《かみなり》に打たれたような衝撃《しょうげき》を受けていた
戴冠式の日、はるか遠目にしか見たことのなかったギルハルト・ヴェーアヴォルフは精《せい》悍《かん》な面立《おもだ》ちの、びっくりするような美男子だったのだ。

柔《やわ》らかそうな銀色の髪。肩幅《かたはば》は広く、がっしりとした体格をしているが、優雅に組まれた足はすらりと長く武骨な印象は覚えない。

機嫌悪そうに眉間《みけん》に深くしわが刻まれていようが、それすら威容《いよう》として魅力《みりょく》を放つ。書類に落としたまなざしのけだるさは不思議な色気を孕《はら》んでいて、見る者をどきっとさせる。

妹の付き添いで出かけた社交の場で、盛装《せいそう》をした貴族男性は大勢見てきたアイリだが、銀狼王とあだ名される彼はその誰とも違っていて、視線を逸《そ》らすことができなくなった。

そんなアイリに目もくれないギルハルトは、叔父が口を開こうとするのを顔も上げずに手だけで制すると、傍《そば》に控えさせていたメガネをかけた従者に言う。

「サイラス。この件は勝手に進めろ、おまえに一任する」

なぜだか、どこかあてつけがましい口調で命じられた『サイラス』と呼ばれた彼はアイリたちをここまで案内してくれた男性だった。自らを首席近侍長だと称《しょう》した背筋のピンと伸《の》びたサイラスは、「お言葉ですが」とギルハルトに返す。

「陛下、ご自分でお決めにならないと、あとでご機嫌が悪いでしょう」

「自分で決める、だと？　ベルンシュタイン伯爵家から妃を娶《めと》ると決めたのは俺じゃない、先代だ。今日の日取りも、サイラス、貴様が勝手に手配しやがっただろう」

「ええ。『おまえに一任する』とおっしゃったので」

その結果の機嫌の悪さだとすれば、なるほど、サイラスの言は正しいようだ。

ギルハルトは忌々しそうに鋭《するど》い視線を返す。睨《にら》まれた本人ではないアイリでも震《ふる》えあがるような剣幕《けんまく》は恐ろしいが、サイラスは涼《すず》しい顔をしている。

二人のやりとりから読み取れるのは、銀狼陛下は、先王が勝手に決めたベルンシュタイン伯爵家との縁談《えんだん》をまったく歓迎《かんげい》していない、ということだ。

――『攻略法』なんて言っている場合ではないのでは……逃げたクリスティーナは正しいのかも……？

半泣きになるアイリへと、サイラスは妹の名を呼んだ。

「レディ・クリスティーナ」

「え、は、はい」

「失礼ながら、お噂はかねがねうかがっております。あなた様は社交的で物おじしない華やかな女性だと聞き及んでいますよ」

それはもちろん、アイリではなく本物の婚約者クリスティーナの評判だ。

「ほら、陛下、あなた様がそんなふうだから、おかわいそうに婚約者様はあんなにも委縮なさっているではありませんか」

どうやら、いい具合に勘違《かんちが》いしてくれているらしいサイラスのとりなしに、しかしギルハルトはいらいらと銀髪《ぎんぱつ》をかき上げ、吐《は》き捨てた。

「女なんてどれも同じだ、任せる」

そこから話が弾《はず》むことはなく、謁見を打ち切った王はやはり不機嫌そうに去っていった。

それを見送ったサイラスはアイリに向かって慇懃《いんぎん》に頭を下げる。

「レディ・クリスティーナ。どうか、我が主君の無作法をお許しください」

無表情である。あまり感情が表に出ない人なのだろうか。それでも、こうして詫《わ》びているのだし、遅々《ちち》として進まなかった婚姻を推《お》し進《すす》めてくれているのもどうやらサイラスであるらしく、むしろ感謝せねばなるまい。

「い、いえ。お気になさらないでください」

不機嫌丸出しのギルハルトの態度は恐ろしかったけれど、正体を疑われたり、無理難題を吹《ふ》っかけられたり言いがかりをつけられたりしなかったのだから、安堵《あんど》していた。

今回に限っては、王が婚約者に興味がないというのは、不幸中の幸いだ。

何しろ『暴君』である。下手に興味を持たれれば、早々に怪《あや》しまれ身代わりが露見しても不思議はなかった。この場で『首を切る』なんて沙汰《さた》を下されかねなかったのだ。

——ともかく、今日のところは乗りきった、よね……？

緊張にこわばっていた体からアイリはゆっくりと力を抜《ぬ》いた。ボロが出る前に退散しようと、サイラスにごまをするべくすり寄ろうとしている叔父に目顔で訴《うった》えるが。

「レディ・クリスティーナ」

「は、はいっ⁉」

妹の名で呼ばれて、なぜだろうか、長年の間に培《つちか》われた苦労性《くろうしょう》センサーが反応した。嫌《いや》な予感がしてならないアイリである。

「突然《とつぜん》で恐れ入りますが、あなた様には王の婚約者として、王城にしばらく滞在《たいざい》願いたく存じます」

「…………はい？」

不幸にも、嫌な予感は的中する。

この日から、妹の影《かげ》のように静かに地味に生きるよう心がけてきたアイリ・ベルンシュタインに、数々のとんでもない試練が襲いかかるのだった。

アイリは王宮に残され、付き添いの叔父は帰らされた。

今日は顔合わせの謁見だけ、という話であったし、それ以上の心づもりをしてこなかったアイリに対して、メガネの近侍長は言った。

「これまで婚約者のあなた様に対し、我が王はろくろく交流しようとしてきませんでした。きっと不安に思われていたことでしょう。我が王に代わり、お詫びを申し上げます」

慇懃なこの謝罪もやはり無表情であるので、丁寧《ていねい》だけれど社交辞令なのか心からのものなのかわからない。婚約した当事者ではないアイリはなんと答えればいいかわからず、とりあえず、当たり障《さわ》りのない質問をした。

「陛下は……お忙《いそが》しくていらっしゃるんですね？」

「ええ、非常に」

謁見中にまで、執務《しつむ》をこなさねばならないほどである。

「多忙を盾《たて》に、婚姻を進めようともしない陛下に、婚約者様をお招きする話を進めるだけで、どれだけ大変だったか……ようやくこぎつけた本日の顔合わせも、無事に行えただけ僥倖《ぎょうこう》だったのですよ。後日、改めてご滞在いただくつもりで予定を立てていたのですがね。この私に『一任する』と言質《げんち》を取ったのですし、鉄は熱いうちに打て、と申します。陛下の気が変わってしまう前に、全力で推し進めてまいりたく。よろしいですね？」

確認を取られうなずいてみせるが、アイリは内心で頭を抱《かか》える。

妹がどこにいるのか見当もつかない現状、単なる時間稼《じかんかせ》ぎだったはずなのに――。

――ずっと滞在していたら、身代わりがバレる危険が増すってことよね……!?

焦《あせ》るアイリをよそに、サイラスは話を続けた。

「殿下《でんか》の態度が大人のふるまいではなかったことは、お詫びのしようもございません。臣下一同、どうにかならぬかと手は尽《つ》くしているのですが」

王のあの態度はクリスティーナの手紙の通り、宮廷でも問題ごとであるのか……。

しかし、だ。真の暴君であるならば、自分の婚姻は自分自身が望む相手を強引《ごういん》にでも選ばないだろうか。アイリの目には自暴自棄《じぼうじき》というか、ずいぶん投げやりに見えた。

「失礼ですが、サイラスさん。陛下が、先王陛下のお決めになった婚姻を歓迎しておられない、ということは……もしかして、陛下には、他に思いを寄せておられる女性が？」

どきどきしながら確認を取ってみれば、サイラスはきっぱり否定した。

「いいえ、そういうわけではございません。何しろ忙しすぎて、この二年、特定の女性と懇意になる暇《ひま》もありませんでしたから。ご安心ください、異性よりも同性の方が好きというわけでも、社会的に問題になるほど性的な嗜好《しこう》が特殊《とくしゅ》というわけでもございません」

そこまでは聞いていない。

どこまでも無表情を崩《くず》さないこの近侍長は、冗談《じょうだん》を言っているのか、それとも全部が本気なのか、やはりわからない。

「えっと……大変、だったんですね？」

はっきりしているのは、それだけだった。

「そうなのです。本当に、実に、まことに、ここまでこぎつけるのは大変だったのです。どうか広いお心で、そこのところをご理解いただければと」

当たり障りのない相槌《あいづち》を打つしかないアイリであるが、若くして王位を継承《けいしょう》した銀狼陛下には、それ相応の苦労があるだろうと想像するくらいはできる。

ギルハルトの父である先代の王は、まつりごとに如才《じょさい》はないが、大変な享楽家《きょうらくか》だったという話だ。

その放埒《ほうらつ》のせいで傾《かたむ》きかけていた財政を立て直すのに、ギルハルトは腐心《ふしん》したとのこと。

先王に仕えていた旧臣も派手好みの曲者揃《くせものぞろ》いというのがもっぱらの評判で――。

ちなみに叔父によれば、『派手好みの曲者』の筆頭が先ほどすれ違ったグレル侯爵という話である。

「ところでレディ。今回の婚約、どういう経緯で決められたかご存じですか？」

「は、はい。もちろんです」

ルプス国に神話として語《かた》り継《つ》がれるはるか昔の建国物語によると、初代国王は天の遣《つか》わした狼《おおかみ》の姿をした神であり、ベルンシュタイン伯爵家の始祖はその狼神《ろうしん》と契約《けいやく》した聖女だとされている。

両者契約の後、狼神は人の姿をとり人狼《じんろう》となった。

人狼の王は、人間離《にんげんばな》れした恐るべき膂力《りょりょく》とカリスマ性を備えたという。

建国以来、王家は玉座につく者が天啓《てんけい》を得たタイミングでベルンシュタイン伯爵家の血を引く娘を王妃として迎《むか》え入れるのが慣習となった。天啓とはつまり、当代の王が嫡子《ちゃくし》に非凡《ひぼん》さ――神の化身《けしん》たる人狼の血を見出《みいだ》したときだ。

「陛下は、この『神話』がお気に召《め》さないのですよ。困ったものです」

「どうして、お気に召さないんでしょうか」

「現実的なんですよ、我が王は」

実際、建国の神話を実話と信じている大人は、このルプス国においてもよほど信心深い者くらいではなかろうか。そこまで考えてアイリははっとする。

――現実的に、慣例通りにしたくない、ということは！

「陛下が我が伯爵家との婚姻に乗り気でないのは、もしかして、神話を信じていないから、ということなんですか？　だから、あのようにご機嫌が悪かったのでしょうか」

「信じていないというより、認めたくないのです」

「は……ええ？」

「あの方は、聖女を娶れば、自分があたかも獣《けもの》のように扱われるのでは、と厭《いと》うておられるのです。神話を認めれば、自分が人狼だと認めるようなものでしょう？」

「人狼は神様の化身で、尊ばれる存在なんですよね？　獣扱いだなんて……」

銀狼王と称されるほどに資質に富んだ、若く美しい王。彼の父親が天啓を得たというほど才を認められたというのに、それを厭うとは、これいかに？

義理の両親の元、小間使いよろしく走り回り、地味に静かに周りに迷惑をかけないよう細心の注意を払《はら》って暮らすのが精一杯《せいいっぱい》なアイリには到底《とうてい》わからない心情だった。

王の気持ちはともかくとして、である。

——どうしよう……まさか、陛下が神話を嫌《きら》っていらっしゃるなんて。

創国の神話は、王家とベルンシュタイン伯爵家との婚姻の根拠《こんきょ》であり礎《いしずえ》なのだ。

神話が否定されてしまえば、伯爵家の存在意義が失われるということだ。王の一声で廃《はい》止《し》されてもおかしくない。そうなれば、ただでさえ家計が火の車な伯爵家は確実に失墜《しっつい》する。最悪、爵位《しゃくい》を召し上げられてしまうだろう。

——ベルンシュタイン伯爵家が、潰《つぶ》されてしまう⁉

真っ青になるアイリに対して、サイラスは追い打ちをかけた。

「最初に申し上げておきますが、レディ・クリスティーナ。あなた様は婚約者ではありません」

「…………は？」

——身代わりが、バレた……？

衝撃のあまり気を失いそうになるアイリに対して、首席近侍長は淡々《たんたん》と告げた。

「失礼、言葉が足りませんでした。正式には、あなた様はまだ婚約者ではありません」

「それは、どういう——」

「ええ。先王陛下が天啓を得たのは、あくまで嫡子に対して。あなた様は、あくまで、王太子の婚約の候補者としてあらかじめ選ばれていた、それだけなのです」

「…………？」

「つまり、あなた様はまだ月の聖女と認められてはいないのです。月の聖女と成るためには、これから七つの『儀式《ぎしき》』を突破《とっぱ》していただく必要があります」

「儀式……」

「宮廷としては、ベルンシュタイン伯爵家から推されたお嬢《じょう》さんを、便宜上《べんぎじょう》は婚約者とするのですが、正式には、儀式をすべてこなさなければ婚約に至ることはないのです。正式な婚約者こそが、初めて『月の聖女』と呼称《こしょう》されます」

「それは……知りませんでした」

「ええ、ご存じないでしょう。何しろ前回、月の聖女が王の妃になったのはもう百年も昔のことですからね。しかも、『儀式』の存在は王家の伝承に載《の》ってはいるのですが、特に中身のない儀礼《ぎれい》として伝わっていましたから」

クリスティーナも儀式の存在など知らなかったはずだ。

もしもあの妹が知っていれば、たとえ秘儀《ひぎ》であったとしてもアイリにこっそり教え、練習を手伝わせていただろう。クリスティーナは決まり事を馬鹿正直に守るなんて、愚《おろ》かな行為《こうい》だと考える性質である。帳尻《ちょうじり》さえ合えば、それでいいと。

アイリの目には、そういう妹の生き方はずいぶん軽《かろ》やかに見えていた。たまにうらやましいとは思うけれども、目の前の問題をひとつひとつ解決するのがやっとの自分には到底真似《まね》できそうにはない。

「『儀式』を順序に従ってこなしさえすればそのまま婚約式。婚約者として王妃教育を一年間受けていただき、あなた様はめでたく王妃に収まるというわけです。本来であれば」

よどみのないサイラスであるが、説明に引っかかりを感じた。

「『本来であれば』……？」

アイリのつぶやきに、わずかに視線を落としたサイラスはメガネを押し上げてから淡々と回答する。

「当代の陛下は、少しばかり『儀式』の難易度が高いのですよ」

「それは、どういった？」

「実際に挑戦《ちょうせん》していただかなければ、私からはなんとも申し上げられません」

「失敗することもある、ということですか……？」

「いかにも。儀式の日程は約二週間を予定しています。クリスティーナ様には今日からお時間を頂戴《ちょうだい》したく……突然のことでまことに申し訳ございません」

慇懃に頭を下げる近侍長を茫然《ぼうぜん》と見つめて、アイリは冷《ひ》や汗《あせ》をかいていた。

これは、とんでもないことになってしまった。

暴君と噂される王のご機嫌を取りつつ、身代わりの秘密を守りつつ、何をするかも明かされない『儀式』とやらに挑《いど》まねばならないなんて――。

――私が、『攻略法』を教えてほしいくらいなんですが⁉

サイラスによれば、『儀式』に失敗すれば、ベルンシュタイン伯爵家の血縁《けつえん》から新たに婚約者の選定が行われるという。

要するに、クリスティーナの身代わりとして今ここにいるアイリが失敗してしまえば、本物のクリスティーナが婚約者から外されてしまう、ということなのだ。

だから約二週間、妹が見つかるまでの間、何が何でも、その儀式とやらに失敗しないよう、しのぎきらねばならない。さらに、妹とスムーズにバトンタッチできるように道筋を整えておく必要があって――。

――ハードミッションが過ぎない……⁉

ちなみにクリスティーナが婚約者から廃《はい》されたとして、その姉のアイリが新たな婚約者候補になることはありえない。愛娘を王妃に据えることへあれだけ固執《こしつ》していた叔父である。悲願が絶たれたその時、養女のアイリを推しはしないだろう。

アイリ自身、自分のような地味な娘が王妃候補に挙がるとは夢にも考えない。というか、まさに今、身代わりとして罪を犯《おか》している真っ最中なのだ。『私には無理です』と全力で謝って泣いて逃げ出したいところだが、賽《さい》はとうに投げられている。

アイリ・ベルンシュタインに課せられた役目は亡き父の分まで、ベルンシュタイン伯爵家の安寧《あんねい》を守ることなのだから。

涙《なみだ》を飲み込んだアイリは、必死で思考を巡らせた。

——ええっと……『儀式』を通過できなければ婚約に至らない。ということは、逆に考えれば、妹が見つかりさえすれば、私がニセモノでした、と正体を明かした上で儀式に失敗してみせればいいのよね？

妹の身代わりをしていた咎めは当然、覚悟《かくご》しなければならないが、そもそも王にとって、この婚約は乗り気ではない。アイリより何もかもが華やかで社交も心得る妹が本来の婚約者でした、というオチが待っていれば、王のご機嫌がよくなる可能性だってある。

アイリの経験を踏《ふ》み台に、クリスティーナが儀式を完璧《かんぺき》にこなしさえすれば、伯爵家の体面が保たれ、王も満足し、みんなが幸せになるはずだ。

ここまで考えたアイリは少しだけ前向きな気持ちになった。

「レディ・クリスティーナ。王宮滞在につきまして、何か必要なものはありますか？」

「あ、はい。ノートを一冊いただけると助かります。日記をつけるのが日課でして」

「承知しました。手配しておきましょう」

ノートには日記ではなく、銀狼王の『攻略法』を書き留めるつもりだ。叔父の所望《しょもう》した通り、それこそが妹をスムーズに王妃へ至る道に戻すカギとなるだろう。

難しい仕事だろうが、逃げ場もなければ泣き言を言う相手もいない。アイリにできることは、やはり目の前のことをこなすことだけ。

――ともかく今晩は、ぐっすり眠《ねむ》って英気を養おう。明日からがんばるぞ！

心の中で意気込んだ、その時である。

サイラスが、おごそかに告げた。

「ではさっそくですが、一つ目の儀式を行います」

「…………へ？」

ぞろぞろと女中が部屋に入ってきて、アイリを取り囲んだ。

「儀式って……もう日が暮れましたよ？　サイラスさん、いったい、何を」

「儀式の内容は、いたってシンプルです。今夜一晩、陛下と二人きりで、同じ寝室《しんしつ》で過ごしていただきます」

突如《とつじょ》として襲いきた試練は、寝耳《ねみみ》に水。そのあまりの想定外に、アイリはおのれに課せられた重大な使命も忘れて放心し――。

「えええええええええ――⁉」

貴族令嬢としての行儀《ぎょうぎ》作法までもことごとく吹っ飛ばした哀《あわ》れな身代わり婚約者の悲鳴は、王宮中に轟《とどろ》くのだった。


「待ってくださいいいい！　あの、私、話を……、き、聞いてくださいいいいっ」

城仕えの女中たちに両腕《りょううで》を捕《と》らえられたアイリは虜囚《りょしゅう》のごとく、どこぞへと連行されていた。泣きながら試みる抵抗《ていこう》も虚《むな》しく、やがてたどり着いた場所は、王城の敷地《しきち》内にある石造りの建物だった。

荘厳《そうごん》なたたずまいはあたかも神殿《しんでん》のようで、その入口の両脇《りょうわき》にはルプス国の守り神とされる銀狼の石像が据えられている。サイラスが言った。

「ここは聖殿《せいでん》と呼ばれています。かつては、代々の王が月の聖女を妃として迎えた折に、寝所《しんじょ》としていた場所ですよ」

殿内に入ると、神話をモチーフにした精緻《せいち》な彫刻《ちょうこく》の施《ほどこ》された天井《てんじょう》と、ぴかぴかに磨《みが》かれた大理石の敷《し》き詰《つ》められた廊下が続く。

祭壇《さいだん》の置かれた堂を経ると、クロークルームらしき部屋に入った。

王が寝起きしていた殿というだけあり、設備は充実《じゅうじつ》しているらしい。部屋は暖炉の火で温められ快適で、さらにその隣は浴槽《よくそう》が設置された浴室になっていた。

たっぷり湯の張られた浴槽にはバラの花びらが浮かんでいて、高貴な香りが漂《ただよ》っている。きっと高価な香油《こうゆ》も入れられているのだろう。

あれよという間に、女中の皆さんに手際《てぎわ》よく風呂《ふろ》に入れられ、よってたかってヘアメイクを施され、月の聖女の衣装だという白絹のドレスを着せられていた。

なすがまま、鏡の前に立たされ自分の姿を見てみれば。

「こ、これ……薄着《うすぎ》、すぎませんか……？」

「お似合いですよ。艶《あで》やかでいて可憐《かれん》で、おとぎ話に出てくる聖女様そのものですわ」

笑顔《えがお》で褒《ほ》めたたえる指揮役と思《おぼ》しき侍女が、歌うように名乗った。

「わたくし、エーファと申しますの。クリスティーナ様のお世話を仰《おお》せつかりました」

「え、あ、はい、よろしくお願いします、エーファさん……って、そうではなくて」

アイリより幾分《いくぶん》背の高い彼女は、少し年上だろうか。王妃候補付きの侍女であるのだから名家の出なのだろうが、エーファには高慢《こうまん》さや尊大さを感じない。物申したいアイリをよそに、どこか愛嬌《あいきょう》あるほほえみを浮かべてドレスの裾《すそ》など整える。

美しく着付けられた純白の衣装はたっぷりとしたドレープに彩《いろど》られており、少なくとも、サイズの合っていない妹のドレスよりよほど体にフィットしていた。

エーファの言うことはまったくのお世辞というわけでもなさそうで、浮世離《うきよばな》れしたそのドレスはやけにアイリに似合っている。普段《ふだん》は陰気《いんき》に見られがちなアイリの藍色の瞳は、神秘的な衣装とあいまってミステリアスな佳人《かじん》といった趣《おもむき》だ。

鏡に映っているのが、いつも地味なドレスばかりを身に着けている自分とは別人のようで、しばし自分の置かれた状況《じょうきょう》を忘れて他人事《ひとごと》のように感心していると、再びがっしり両腕を捕えられる。連行された先、アイリは気を失いそうになった。

放り込まれた一室のど真ん中には、どーん！　とバカでかい天涯《てんがい》付きのベッドが挑むように置かれているではないか！

「あの、エーファさんっ、わ、わ、私、ちょっと体の具合が」

「それでは、失礼いたします」

笑顔のエーファを筆頭に女中たちは丁寧に頭を下げると、部屋を出て行った。

無情にも閉ざされた扉《とびら》を前に、茫然自失《ぼうぜんじしつ》する。

——儀式って……儀式って……そういうアレなの⁉

露骨《ろこつ》すぎるやり口に、恥ずかしすぎて頭がどうにかなってしまいそうだ。

アイリが風呂に入れられる前から場を辞していたサイラス曰く。

『これから行われるのは、伝統ある由緒《ゆいしょ》正しい儀式です。あなた様にあるのは尊い使命であり、クリスティーナ・ベルンシュタインの名誉《めいよ》を汚《けが》すことは決してありません』
……とのことだが、さすがにそこまで無知ではない。何しろ貴族令嬢にとって不貞《ふてい》は致《ち》命《めい》的なのだ。

目の前の巨大《きょだい》な寝台《しんだい》は、アイリの使っている古くキシキシ音の鳴る寝床《ねどこ》に比べて天と地ほどの差があるくらい豪華《ごうか》だ。見るからにふかふかで寝心地《ねごこち》がよさそう。

「うう、このままこのベッドの上で気を失ってしまえたら、どれだけいいかしら……」

心が逃避しかけるが、自分には使命があるんだ、となんとか正気を取り戻す。養い子とはいえ長女のアイリは『義務』とか『使命』とか、そういう言葉にすこぶる弱い。

たったひとりで寝室のど真ん中に立ちつくしていたアイリは、しばしベッドに腰《こし》を下ろそうか迷ったが、結局近づく気になれず、そのまま部屋をぐるりと見渡してみる。

夜は更《ふ》けていたが、火を入れられた暖炉のおかげで視界に困ることはない。

家具らしい家具は、この天涯付きのベッドと、脇にサイドテーブル、暖炉の上に置かれた火のついていない燭台《しょくだい》くらいか。天井には丸い天窓があり、やはり丸いガラスがはめられていて、そこから白銀の満月が覗《のぞ》いている。

室内は清潔だが、石壁《いしかべ》のあちこち、不自然なえぐれやら傷跡《きずあと》があるのに気がついた。

――老朽化《ろうきゅうか》しているってわけでもなさそうだけど……。

不穏《ふおん》なそれらに目を凝《こ》らしていると突如として、バンッ、と殿の外扉が乱暴に開かれる音が轟いた。驚いたアイリは、思わず暖炉の陰《かげ》に身を隠す。

カツカツと廊下に苛立《いらだ》ったような足音が響《ひび》く。それが徐々《じょじょ》に近づいてきて、ドカッと蹴《け》破《やぶ》るほどの勢いで寝室の扉が開いた。

室内に飛び込んできた人影《ひとかげ》は、なぜかフード付きのマントを羽織っている。フードからこぼれる銀髪と背格好で、その正体が銀狼王ギルハルトだとわかり、暖炉の陰で身を縮こめるアイリは恐怖《きょうふ》に震えた。

ギルハルトの様子は、昼間に見た不機嫌なんてものではなかったのだ。

殺気というものが本当にあるならば、きっと今、彼が発しているものがそれに違いない。叔父の機嫌をひどく損ねたことがあったけれど、その比ではない危《あや》うさだ。

——婚約のための儀式？　イケニエを捧《ささ》げる儀式の間違いじゃないの……!?

しかし、どうにも様子がおかしい。

ギルハルトはベッドに倒《たお》れ込んだかと思うと、悪態をつきながら苦しそうにうめき声を漏《も》らしている。痛みに耐《た》えているような苦しみようは尋常《じんじょう》ではなく、恐怖しながらもアイリは心配になってきた。

——もしかして……陛下は、どこか具合がお悪いのかしら？

考えてみれば、昼間に見た王の様子もおかしいといえばおかしかったのだ。文句を言いながらも、彼は厭うていた婚約者との顔合わせを行った。

責務を果たそうとしていたのだ。本当の暴君であるならば、それらを退けたり、無視したりするのではなかろうか。

と、その時、ギクッと肩を揺《ゆ》らしたギルハルトが突如として身を起こした。

「誰だ⁉」

びりびりと空間を震わせるような、誰何《すいか》の声の鋭さ。ギルハルトは、ここに婚約者が待機していることを知らされていないのだとアイリは悟る。

──嘘でしょ、サイラスさんっ⁉

半泣きになりながらも、もはや逃げられまいと覚悟を決めたアイリは暖炉の陰から姿を現し、クリスティーナを名乗った。

プライベートの寝室に入った非礼を詫びようとするアイリを遮《さえぎ》り、ギルハルトは喉《のど》から絞《しぼ》るように吐き捨てた。出て行け、と。

「……儀式など知らん。うせろ」

いよいよアイリはその場で気を失いそうなった。

──これはもう、『儀式』は不成立ってことで、いいのよね？

いっそ建物の外に出て、ギブアップしてしまおうか……。

課せられた役目と生存本能のはざまで右往左往するアイリの前で、ギルハルトは再び苦しそうにベッドにつっぷす。

「あ、あの、どうなさいました？　ご気分が悪いんですか？」

「……来る、な」

思わずアイリが身を乗り出せば、ギルハルトは喘《あえ》ぎながら拒《こば》んだ。

「でも、おつらそうですし……私、すぐに人を呼んできますから！」

「やめろ……！」

外に向けて駆《か》け出そうとするアイリの腕を、ギルハルトの手が摑《つか》む。

「……頼《たの》む、誰にも、見せたくない」

絞り出すような声はあたかも懇願《こんがん》で、その悲痛さに驚く。フードの下の顔を覗き込めば、銀色の前髪の向こう、王の瞳が確かに銀色に底光りした。

昼間に見た銀狼王の目は落ち着いた色のアイスブルーだったはず。人間にはありえない異様なその輝《かがや》きに、背筋が震えるほど畏怖《いふ》を覚えると同時に、息をのむほど美しく感じて、アイリは魅了《みりょう》の魔法《まほう》にでもかかったように身動き一つできなかった。

一方のギルハルトはといえば、彼の視線もまた、どういうわけかアイリにくぎ付けになっている。ぽかん、と開いた口から覗いているのは見間違いでなければ。

――牙《きば》……？

見つめ合うこと、三十秒。

奇妙な沈黙《ちんもく》の中、ギルハルトのきょとんとした顔がだんだんとかわいく思えてくる。

──私の頭、どうにかなってしまったのかしら……。

そんな疑いがもたげた次の瞬間《しゅんかん》、すり、とアイリの首元にフードをかぶった頭がこすりつけられた。

「え、ちょ」

これは覚えがある。なぜだか動物に気に入られがちなアイリが、特に犬から頻繁《ひんぱん》にされる行動によく似ていた。

無心にすりすりされるものだから、まるで飼い犬にしてやるように手を伸ばして後頭部からうなじにかけてを撫でたのは、ほとんど条件反射だった。すると、ぱさ、と銀狼王の被《かぶ》っていたフードが外れ、そこから獣の耳のようなものがこぼれおちる。

ひくく、と動くそれは、作りものではない。

紛れもなく異形の耳だとわかってしまって、アイリの目が点になる。

彼の頭を撫でる手でそれに触れてみれば温かく、ふわふわと手触《てざわ》りがいい。

驚きすぎて悲鳴も出ないアイリは呆然《ぼうぜん》としたままそれを撫で続ける。

もふもふのそれは今までに撫でてきたどんな動物の毛皮よりも気持ちがよく、うっかり状況を忘れそうになるアイリに対し、ギルハルトもまた、先ほどまでの苦しみようが嘘のように四肢《しし》の力が抜けてリラックスしているようだった。

やがて、暖炉の薪《たきぎ》がはぜる音にハッとしたギルハルトは、ようやくフードが取れていることに気づき、我に返ったように声を上げた。

「み、見るなっ‼」

ベッドの上、まるで蛇《へび》にでも驚いた猫のように彼は大きく飛び退《すさ》った。

見開いた瞳が、アイリを凝視《ぎょうし》している。

その肩が、息を整えようと大きく上下する。ひどく混乱しているらしい彼自身、アイリへのすりすりは無意識の行動だったというのか？　されるがまま、あれだけもふもふされておいて完全に手遅《ておく》れであるのだが、ギルハルトは耳を隠すように頭を押さえるも――。

――あれ？　耳が、ない……？

さっきまで確かにふわふわの獣耳が生えていたのに。これにはアイリよりも、ギルハルト自身が驚いた様子だった。

「どういうことだ……まだ月は出ているぞ……？　きさま、俺に、何をした⁉」

「え？　あ、頭を、撫でてしまいました。失礼かとは思ったのですが、つい癖《くせ》で」

「癖、だと？」

異形の耳同様、ギルハルトの瞳は、もう銀色の光は放っておらず、落ち着いたアイスブルーに戻っている。

「おまえは昼間に来た、俺の婚約者……だな？」

「は、はい。おっしゃる通りです」

——私のこと、覚えていらしたんだ……⁉

あれだけ無関心な態度だから、認識《にんしき》すらされていないとばかり思っていた。

ギルハルトは困惑《こんわく》するように前髪をかき上げ、アイリから視線を逸らす。

「月の聖女……」

信じられん、とつぶやくギルハルトの様子は平静だ。何が何だかわからないけれど、やはり先ほどまで見せていた苦痛からは解放されているようで、アイリは安堵した。

「ここで婚約の『儀式』を行うとは、聞いている。しかし、それは、おまえの準備を整え、後日に執《と》り行うという話だった」

「私も、そう思っていたんですが……サイラスさんが、今夜こちらで陛下をお待ちするように、とおっしゃって」

「サイラスの野郎……」

ギルハルトは憎らしげにうめくが、声に昼間のような殺気や荒々《あらあら》しさがなく、理性的なものだった。ベッドの上にいた彼は、しばらく何事か思案するように視線を落としていたが、床《ゆか》に足をつけそこに腰かける。

やがて背筋を伸ばし、ベッド脇に立ったままのアイリに対して言った。

「婚約者殿《どの》。今日は昼間から、ずいぶん怖い思いをさせたと思う。申し訳ないことをした。どうか許してほしい」

アイリを見据《みす》える瞳は真摯《しんし》で、謝罪は誠実なものだった。

謁見の場で、なんて綺麗な男性だろうと思っていたが、こうして月明かりに照らされたギルハルトは、改めて目を見張るような美丈夫《びじょうふ》だ。そんな男性に見つめられ、ここは薄暗い寝室で、二人きりで、自分はこんなひらひらした薄着で……。

——私、とってもはしたなくない!?

昼間とは正反対の銀狼王の紳士《しんし》さに、驚愕《きょうがく》と混乱と、そして羞恥《しゅうち》が一気に襲いくる。

目を回し、それこそ気を失いそうになっているアイリに、ギルハルトが言った。

「どうか、楽にしてほしい。こっちに」

ちょっと笑いをこらえるような声で、ぽふぽふ、とベッドの自分の隣を叩《たた》いている。

この部屋にはベッドの他に、座れるような椅子《いす》やソファなどの家具がひとつもない。迷いに迷った末に、アイリは「失礼します」と巨大な寝台の上、王から三人分くらいの距離《きょり》をあけて座った。

「あの、無作法をして、申し訳ありません。私、陛下が『儀式』のことをご存じないと知らなくて、こんな夜更《よふ》けに寝室に上がり込んでしまって……」

「いや、いい。詫びねばならんのは俺のほうだ。まさか、しょっぱなからこれをやるとは思っていなくてな」

ルプス国の始祖は、人狼とされている。

誰もがフィクションだと思っているその伝承であるが——。

「俺には生まれたその日に、オオカミ耳が生えていた。おまえが先ほど見た、アレだ」

驚きに目を丸くするアイリの表情を見て、ギルハルトは、今は何も生えていない自らの頭を長い指で撫でた。

「見られてしまったからには、教えておかねばなるまい」

人狼であったとされる始祖——初代国王には、月の出ている晩には狼の耳が生えたという伝承が残っている。

「おそらくだが……俺は人狼として『先祖返り』をしてしまったんだと思う。過去の記録に、生まれたその日からオオカミ耳が生えていた王族がいた、というものはひとつもない。だから推測にすぎないのだがな」

——あの動物の耳、狼の耳だったんだ……。

赤子だったギルハルトの頭に生えていた異形の耳は数日で消え、以来、気配すらなかったが——半年ほど前から月夜になると、再びそれが現れ始めたという。

そして、オオカミ耳の出現とともに、彼に看過できない禍《わざわい》が降りかかり始めた。

どういうわけか、気持ちが昂《たかぶ》り、苛立ち、激しい感情が抑《おさ》えられない体質になってしまったというのだ。

「だから、この半年は、この離れの聖殿で独り夜を過ごすようにしていたんだ。特に今夜は満月だろう。月が満ちるにつれ耳が出るばかりか衝動《しょうどう》が抑えられず、臣下に対して何をしでかすか自分でもわからなくてな。何よりも、この耳を誰にも見せるわけにはいかなかった」

「そのお耳は、臣下の方々には秘密ということですか？」

「当然だ。この国が本当に人狼に建てられた国だなど、誰も信じていない。臣下も国民も、王がありがたい存在だと示威《しい》するための誇張《こちょう》だと思っているだろう」

人間離れした膂力とカリスマで異民族を退け、国を建てたという始祖は『神が狼の姿をとり、よき人々を導くために遣わされた天よりの使徒』だとされている。

月の聖女が清き願いをかけた結果、人の姿をとった神は王座についた……これが、ルプス国の民《たみ》であれば、五歳の子どもでも知っている神話の内容だ。

今でも銀色の狼が神として祀《まつ》られているルプス国では、貨幣《かへい》として流通している銀貨に狼の意匠《いしょう》が彫《ほ》られている。

「ですが、実際に陛下は人狼、なんですよね？　あのオオカミ耳を皆さんに見せれば、創国神話に信憑性が出るのでは？」

アイリの素朴《そぼく》な疑問を受けたギルハルトは、呆《あき》れたように眉《まゆ》をひそめた。

「自分の国が犬っころに建てられたと確認して、喜ぶ臣民がどこにいる？」

——犬っころって……。

なぜだかわからないが、ギルハルトは自分が人狼の血を引いているという事実をひどく恥じているようだった。

「ともかく、そういうことだ。あんなものを見せて、気味が悪い思いをさせたな」

本当に恥じ入るように、ギルハルトはアイリに詫びてくる。

「あんな姿、たとえ妃になる女だろうと、絶対に見せたくはなかったんだ。……それで、ぐずぐずと先延ばしにしていたら、じれたサイラスの野郎に謁見の日を決められた、というわけだ」

ギルハルトの人狼の血による凶暴化《きょうぼうか》は、現にさまざまな弊害《へいがい》を引き起こしていたのだという。冷静な状態でいられず、適切な判断が下すことができなくなったおかげで、政務は滞《とどこお》り始めた。臣下は畏《おそ》れ、王が乱心なされたのではという噂が王宮内で広まった。

若い王の周りでは、一部の老獪《ろうかい》な臣下が付け入る隙を狙《ねら》い手ぐすねを引いていた。

そこでギルハルトは、この王宮で唯一、侍従のすべてを動かすことのできる男、首席近侍長のサイラスに王家の歴史を徹底《てってい》して調べ上げさせたのだという。

代々の王でオオカミ耳まで生やした者は王家の記録に残ってはいないものの、人狼のカリスマ性を発揮した名君は幾人《いくにん》も存在する。そして、そういう者たちは成人してから凶暴さを見せる傾向《けいこう》があった。

嫡子に類まれな能力が見られる場合、当代の王は勅命《ちょくめい》として月の聖女の血を引く令嬢との婚姻を進める、というのが王家の慣例となっていたが――。

『その理由は、人狼の血を抑える役割を月の聖女が担《にな》っていたからではないでしょうか』

仮説を立てたサイラスは、ギルハルトに対して婚姻を急《せ》かした。臣下に面倒をかけている自覚があった王は渋々《しぶしぶ》ながら、それを了解《りょうかい》した。

これが最近になって、ようやく婚姻に向かって動き始めた顛末《てんまつ》であるという。

「月の聖女よ。俺はどうやら、おまえのおかげで正気を取り戻すことができた。心から感謝する」

「いいえ、そんな……」

感謝されるような何かをした、という実感のないアイリは恐縮《きょうしゅく》するしかない。

「ところで、月の聖女。俺は、おまえにもう少し触れていたい。いいだろうか」

「触れ……？　いえ、あの、いいだろうか、とおっしゃいましても」

「レディに対して、あんな姿を見せたのだ。信用がないのは、自業自得《じごうじとく》で仕方のないことだが……どうか、手を」

懇願の声に、不埒《ふらち》な色は混ざらない。

逡巡《しゅんじゅん》の末、おずおずと差し出したアイリの手に、ギルハルトはまるで大切な宝物のように慎重《しんちょう》に触れると、アイリの指の背に詫びの接吻《せっぷん》を落とした。

温かな唇《くちびる》が触れて、アイリの頬《ほお》に熱が広がっていく。ファーストコンタクトとまるで違う、紳士的な態度に戸惑うばかりだ。ギルハルトが静かに聞いてきた。

「撫でるのは癖だ、と言っていたが、おまえは男を撫でるのが趣味なのか」

「は⁉　いいえ、違いますっ！　男性ではなくて、犬だとか、牧場の動物たちだとか、子どもだとか……撫でるのが好き、といいますか、その……撫でてほしそうなら、撫でてあげたいかな、と思っていまして」

慌《あわ》てながらも、しかし正直に答えた。

憑《つ》き物《もの》が落ちたように穏《おだ》やかになってからのギルハルトはアイリに対し、真摯に接してくれている。だから自分もそうしなければ、と思ったのだ。

「ほう。ならば撫でてほしそうにさえすれば、おまえは大人の男でも撫でるのだな？」

途端、なぜか声に明るさを宿した王はベッドに乗り上げると、アイリを手招いた。

「こっちに」

「……？」

招かれるまま、おそるおそる近づけば、伸びてきたギルハルトの手がアイリの腰を捕えた。次の瞬間にはその腕の中に抱《だ》き込まれていて。

「わわ⁉　何をっ、なさい、ますかっ」

「寝るに決まっているだろう。ここは寝室で、これは寝台だ。他にしたいことがあると言うなら、喜んで付き合うが？」

「いえ、違っ、……そ、そうだ、『儀式』です！　儀式を、しないといけないんですよね！　陛下は何をするかご存じですか？」

「もう済んだ」

「へ……？　でしたら私、すぐにお暇《いとま》させてもらい――」

しかし、がっしりと腰に回された男の腕《かいな》はアイリを離そうとしない。

逃《のが》れようともがいてみるも、密着しているものだから、イヤでもよく鍛《きた》え上げられているのがわかってしまう逞《たくま》しい腕はびくともしてくれないのだ。こんなふうに男性に触れられたことなど一度もないアイリはぷるぷる震えながら、半泣きで訴える。

「あの、ですね？　私、まだ嫁入《よめい》り前の身でして、こ、こんな……困るんです」

「わけのわからないことを言う。おまえは俺の妃になるんだろう」

「ちちち、違うんですっ‼　あなた様のお妃は」

私じゃなくて妹なんです！　と、危うく口走りそうになるも寸前でこらえたアイリは、必死になって別の言葉をひねり出す。

「私たち、本当の婚約はまだしていないと、サイラスさんからうかがっていますっ。ですから」

「そうか。では、今この瞬間から、おまえは俺の妃だ」

勝手に断じたギルハルトは、アイリの薄い背を優《やさ》しく叩いた。まるで、聞き分けのない子どもでもあやすように。

「そう怯《おび》えてくれるな。今夜は眠いし不埒な真似は決してしないと誓《ちか》う。指一本触れない、というわけにはいかんがな……俺は、おまえに撫でられたいだけなんだよ」

ほらやれ、さあやれ、と腕の中に捕えたアイリに頭を差し出すギルハルトは、なでなでを迫《せま》った。

緊張と羞恥の限界値は、とうに超《こ》えている。アイリはほとんど頭が真っ白状態で、ぎくしゃく腕を動かすと、要求通りに彼の銀髪を撫でてやる。

するとと銀狼王は、こもれびにまどろむ猫のように幸せそうに眼《め》を閉じた。

「なるほど。慣例も馬鹿にしたものではないな……」

その顔があまりにも幸せそうなものだから、やめるわけにもいかず、わしわしとうなじのあたりを念入りに撫でると、彼はくすぐったそうな声を漏らした。ドキッとして、思わずアイリが手を止めると。

「やめるな」

「あ、はいっ」

慌《あわ》てて再開すれば、ふ、と漏らした彼の吐息《といき》がアイリの首筋を撫でた。妙《みょう》に色めいたそれに、顔が熱くなるばかりのアイリの耳に、深みのある声が言った。

「こんなに穏やかな気持ちになったのは、いつぶりだかわからない。いや……初めてかもしれんな」

吐露《とろ》はこぼれおちるようで、やがてギルハルトは何も言わなくなった。首筋を撫でる健《すこ》やかな寝息。

自分よりも一回り以上は立派な体躯《たいく》の大人の男の腕の中、そろそろと少しだけ体を離し覗き込んだ寝顔はまるで安堵しきった子どものようで、背に回った彼の手を引きはがしたい気持ちはやまやまだが、それで起こしてしまうのも忍《しの》びない。

やむを得ず、抱き枕《まくら》状態のまま、アイリの頭の中には「?」マークが渦巻《うずま》いていた。

——結局、『儀式』ってなんだったの……?

2. 儀式？ 犬のお世話じゃなくて？

翌朝。丸い天窓から朝日が燦燦《さんさん》と差し込む聖殿《せいでん》内の寝室《しんしつ》に、サイラスが数名の従者を伴《ともな》いやってきた。

がっちりと抱《だ》き込まれた格好で一睡《いっすい》もできなかったアイリは、わたわたと王の腕《うで》の中から逃《のが》れて、ベッドの端《はし》まで距離《きょり》を取る。

「お疲《つか》れさまでした、レディ・クリスティーナ。ご無事で何よりです」

意味深なセリフを吐《は》くサイラスに何か言い返したいアイリだが、寝台《しんだい》の隅《すみ》にうずくまり顔を赤らめることしかできない。その様を見て、サイラスは訳知り顔でうなずいた。

「ご安心ください、レディ。私どもは、あなた様の純潔を疑ってなどいません。陛下《へいか》はああ見えて意外と紳士《しんし》ですから。ねえ、陛下」

「……サイラス。おまえ、本当に何も説明せずにここに連れてきたのか……」

呆《あき》れたようなため息交じりのギルハルトの声に気づけば、健《すこ》やかに眠《ねむ》っていたはずの彼はすでにベッドを出て、従者たちの手によって身支度《みじたく》を整えているところだった。

広く引《ひ》き締《し》まった裸《はだか》の背中にぎょっとしたアイリは、慌《あわ》てて掛《か》け布団《ぶとん》で視界を閉《と》ざす。こっそり隙間《すきま》から覗《のぞ》いてみると、脱《ぬ》いだシャツをわざとらしく肘《ひじ》のあたりに引っかけた格好のギルハルトがにやりとして言った。

「昨晩、俺はおまえの夫になったのだ。遠慮《えんりょ》せずに見ればいい」

「……っ！」

「妃《きさき》になる覚悟《かくご》があったから、この寝室に入ったのだろう？　無理強《むりじ》いする気はないが、合意があるならば俺も遠慮なくそのかわいい喉《のど》に噛《か》みつけるというものだ」

「噛みつ――わ、私は……、っっ!?」

申し開きをしようと掛け布団を外せば、王の美貌《びぼう》が間近に迫《せま》ってきた。

「ほう？　陽の光の下で見てみると、俺の妃はなかなかの佳人《かじん》ではないか。そのラピスラズリの瞳《ひとみ》には、こういう衣装《いしょう》がよく映《は》える」

伸《の》ばした指が、胸元《むなもと》のドレープに触《ふ》れる直前、つい、となぞるしぐさをした。からかうようなギルハルトのまなざしが、彼の寝起《ねお》きに崩《くず》れた銀髪《ぎんぱつ》の間から色香をたたえアイリを見つめていて、息が止まりそうになる。

こんな色気のある男性と同じベッドで一晩明かしてしまったと思うと、恥《は》ずかしさを通《とお》り越《こ》して恐怖《きょうふ》すら覚える。さらに妹の夫となる人だと思えば、冷や水を浴びせられたように背筋が寒くてたまらない。

「クリスティーナ」

王の声が妹の名を呼んで、一瞬《いっしゅん》きょとんとしたアイリは、はっとして返事をした。

「は、はいっ」

「昨晩はろくに寝ていないのだろう？　このままゆっくり休んでいてくれ。おまえの着替《きが》えは時間を置いてするようにと言いつけておくから」

「え？　あ、ありがとうございます……」

温かな気遣《きづか》いを向けられて恐慌《きょうこう》状態から我に返ったアイリは、王が婚約者《こんやくしゃ》の名を覚えていることに今更《いまさら》ながら気がついた。

『女なんてどれも同じ』だなんて言っていたのに――。

ここで、サイラスが口を開いた。

「おめでとうございます、陛下。そして、レディ・クリスティーナ。見事、婚約に至るための第一の儀式に成功なさいました。臣下一同、お慶《よろこ》び申し上げます」

「あの……ここで行われた『儀式』というのは、なんだったんですか……？」

「あなた様が、生きて朝を迎《むか》えることですよ」

さらりと言われた内容が物騒《ぶっそう》すぎるものだから、一瞬、何を言われたのかわからない。

「ですから、婚約者候補が死ななければ儀式は成功。全部で七つある婚約の儀式の中で、昨晩が最初にして、最大の難関だったというわけです。寝室の壊《こわ》れた壁《かべ》……ほら、あの辺とか、この辺とか、この半年で陛下が暴れて壊したものでして、この部屋、家具がないでしょう？　すべて陛下が壊してしまわれましたから」

サイラスはまるで茶飲み話でもするように、のんきな調子で説明する。

「歴代の王はともかく、我らが陛下は月の夜は、屈強《くっきょう》な騎士《きし》が相手でも殺して不思議ないくらいに凶暴《きょうぼう》でしたからね。特に昨晩は満月。一番危険な状態からのパーフェクトリアというわけです。いやはや、実にめでたいことだ」

顔面蒼白《そうはく》のアイリは、そういえば、と思い至る。王が言っていたではないか。

『まさか、しょっぱなからこれをやるとは思っていなかった』と。

婚約か、死か。

昨晩の彼が発していた殺気を思い出せば、サイラスの言葉はおおげさではないのだと理解せざるを得ない。

その時、黙《だま》ってやりとりを聞いていたギルハルトが短く近侍《きんじ》を呼んだ。

「サイラス」

鋭《するど》い怒気《どき》を孕《はら》んだたった一声で、周囲の空気が凍《こお》り付いた。痺《しび》れるような緊張《きんちょう》が一室を満たし、この場にいる誰《だれ》ひとりとして指先一つ動かすことができない。

「なぜ、あらかじめ彼女に説明をしなかったのか、と問う気はない。おまえのことだ、逃《に》げ帰られたら面倒《めんどう》とでも思ったんだろう」

しかし、と王は続ける。

「俺は、俺の妃が侮辱《ぶじょく》されるのを誰であっても許すつもりはない。膝《ひざ》をつけ、サイラス。今ここで、俺の妃に不敬を詫《わ》びよ」

命じられたサイラスは、素直《すなお》に片膝をつくとアイリの前に首を垂れた。

「レディ。無礼を申し上げました。お詫びいたします。どうかお許しを」

足先に接吻《せっぷん》されそうになって、慌ててアイリはサイラスの肩《かた》を押さえて言った。

「そ、そこまでなさらなくても！　大丈夫《だいじょうぶ》ですからっ！　陛下も私も無事だったんですし、私は気にしてませんから。ね？」

「慈悲《じひ》の御心《おこころ》に感謝します」

やりとりを見届けるなり、毅然《きぜん》と背筋を伸ばしたギルハルトはアイリに目顔で挨拶《あいさつ》すると、侍従《じじゅう》を引き連れて部屋を出て行った。

長靴《ちょうか》の音も遠ざかり、しん、とあたりが静まり返る。

アイリが気まずさを感じる一方で、サイラスはすっくと立ち上がり無表情で言った。

「いやあ、すばらしい。まさしく完璧《かんぺき》です。やはり、月の聖女はフィクションなどではなかった。はあ、まったくもって、あなた様は救世主です」

つい三分前にギルハルトからあれだけの怒気を叩《たた》きつけられたことにも、膝をつかされたことにもこだわる様子はない。怖《こわ》いくらいの切《き》り替《か》えの早さだった。

アイリの顔色に気づいたのか、サイラスは肩をすくめる。

「陛下は筋さえ通せば、後腐《あとくさ》れありません。慣れれば大変に付き合いやすい、実に優《すぐ》れた君主ですよ。まあ、それはともかくです」

サイラスがパンパン、と高らかに手を打ち鳴らせば、昨晩世話になったエーファをはじめとして、侍女《じじょ》や従者と思《おぼ》しき男女が寝室に入ってきた。

アイリの目の前に一室にひしめくほどの人数がずらりと居並ぶ。

「改めまして、ようこそお越しくださいました、我らが妃殿下《ひでんか》。近侍一同、心より歓迎《かんげい》いたします」

全員が、アイリに対して最上の礼をとった。

ぽかんとしすぎて埴輪《はにわ》状態になったアイリへと、サイラスは懐《ふところ》から取り出した巻紙をうやうやしく差し出す。促《うなが》されて中身を確認《かくにん》してみれば――。

「なんですか、これ……？」

・正餐《せいさん》（親密な交流を）
・ブラッシング（愛情たっぷりに）
・イブニングティーと共に手料理をふるまう（手ずから食べさせましょう）
・お散歩（仲良く手を繋《つな》いで）

・お披露目《ひろめ》の舞踏会《ぶとうかい》（華《はな》やかにきらびやかに！）

「人狼《じんろう》の血を引く王陛下との婚約の儀式は、全部で七つと申し上げましたね」

「はい……」

「第一の儀式の成功者には、ここに記された五つの儀式をすべてこなしていただきます。そして真の婚約者として、七つ目の儀式である婚約式に臨《のぞ》むのです」

ブラッシングにお散歩。手料理を手ずから食べさせるって……餌《えさ》やり？　華やかにきらびやかにお披露目って……ドッグショー？

——『儀式』っていうか、これ、犬のお世話の間違《まちが》いでは？

無礼極《きわ》まりない所感は、貴族令嬢《れいじょう》としてもちろん口には出せない。

「この項目《こうもく》は、過去の王家の方が決めたとおっしゃっていましたが……」

せいぜい疑いのまなざしを送ることしかできないアイリの疑念を、サイラスは一蹴《いっしゅう》した。

「ルプス国の正史に、これらは間違いなく載《の》っているのですよ。おそらく過去にも人狼の血が濃《こ》い王が現れた際、臣下が困り果てたことがあったのでしょう」

と、巻紙を指して、サイラスは言葉を続ける。

「まがりなりにも王家の正史です。『人外暴君に困っていたが、月の聖女のおかげでどうにかなりました』だなんて、すでに滅亡《めつぼう》した王朝ならともかく、現行王朝の先の王を貶《おとし》めるような記述はできないでしょう？」

そこで彼らは人狼の血をなだめる能力を持つとされる『月の聖女』の資質を持つ女性を正しく選び出すための事項《じこう》を『儀式』という形で残すことにしたのでは、とサイラスは推測しているという。

『儀式』をすべてこなし、初めて正式な婚約に至ると説明を受けてはいるが。

「もし、私が残りの儀式に失敗したら、どうなるのですか？」

「残念ながら婚約には至りません。あなた様の次に、月の聖女の血が濃いと思しきベルンシュタインの近縁《きんえん》の女性をお招きし、儀式を最初からやり直します。……と建前上なってはいますがね、レディ・クリスティーナ。その心配は無用かと」

「え？」

「ブラッシングにお散歩、一緒《いっしょ》にお食事。これらをどう失敗なさるおつもりで？」

「ええと、それは――」

「失敗などさせませんよ」

サイラスは言いきった。

「私どもが決してさせませんとも。臣下一同、いっさいの助力を惜《お》しみませんゆえ」

無表情なのに、圧が強い。

ですが、と気弱に反論しそうになったアイリはしかし、サイラスの顔を見上げて言葉を飲み込んだ。彼のメガネの奥の瞳が、怖いくらい静寂《せいじゃく》であることに気づいてしまったのだ。

このサイラスという男、どうにも奇妙《きみょう》な人物であるが、しかし、彼は彼なりに覚悟を持って、王の婚姻《こんいん》を推《お》し進《すす》めることにしたはずだ。

昨晩、アイリはギルハルトの抱《かか》える苦悩《くのう》を知った。この近侍長は、半年もの間、ギルハルトの一番近くでその苦悩を目の当《ま》たり《あ》にしてきたのだ。

王の婚約者を殺してしまうかもしれない、いちかばちかの賭《か》けを冒《おか》してでも、王の障《さわ》りを取り除こうとしていた――仮にアイリが王に殺されていれば？　独断で儀式を断行したサイラスは、罷免《ひめん》では済まないほどの罰《ばつ》を下されていたはずだ。

罰を下される、というのならばアイリとて同じだ。この身を偽《いつわ》ってでも、成《な》し遂《と》げなければならない使命がある。ベルンシュタイン伯爵家《はくしゃくけ》のために。

「わかりました。失敗は、しません」

妹が見つかるまでの間だけは、なんとしてでも。

アイリが決意のまなざしを返せば、サイラスの瞳が満足そうな色を宿して細められたのがわかった。

「ええ。月の聖女の血が、王家にとっていかに重要なものであるかを周囲に知らしめるためにも、どうかお願いいたします」

——月の聖女の血。

生まれてこの方、この身に流れているなんて意識したことはなかった。

昨晩、ギルハルトの柔《やわ》らかな銀髪を撫《な》でた掌《てのひら》に視線を落とす。

——本当に、私の中に流れるベルンシュタインの血が、陛下のお心を鎮《しず》めたの？

もしも、それが真実であるなら、命の危機にさらされはしたけれど疲労《ひろう》にすさみきっていた王の瞳に穏《おだ》やかさを取《と》り戻《もど》したのは、アイリということになる。

この場にいることを少しだけ許されたような気がして、身代わりの罪悪感がわずかにやわらぐ。というか、初めから妹が来ていれば何一つ問題なかったはずで——。

——お願いだから、早く見つかって、クリスティーナ！

長引けば長引くほど、アイリひとりが裁かれてどうこうという問題ではなくなるのだ。

取り返しがつかなくなる前に、どうか……。

願いをこめて、丸い天窓の向こうの青空をあおいでいると、サイラスが言った。

「さて、レディ。そろそろお着替えをしていただきたく。よろしいですか」

「あ、はい」

王城に泊《と》まりがけになるなんて夢にも思わなかったので、当然、着替えなど持ってきていない。てっきり昨日着ていたドレスを返却《へんきゃく》してもらえるものだと返事をするが、突如《とつじょ》、アイリの両脇《りょうわき》に立った女中にがっちりと拘束《こうそく》された。

――デジャブかしら……？

抵抗《ていこう》は無駄《むだ》だと学習しているので、なすがまま身を任せれば、殿外《でんがい》に連れ出される。

そのまま王宮内へとアイリが運ばれた先は、びっくりするほど巨大《きょだい》なクロークルームだった。物置小屋に等しいアイリの自室の、十倍以上の広さはあるだろう。

「婚約の儀式には舞踏会場でダンスする、という項目があります。野蛮《やばん》な獣性《じゅうせい》を否定し、優雅《ゆうが》で気品ある王と妃の姿を臣民にお披露目する目的があったようですね」

サイラスはうやうやしく辞儀《じぎ》をして退室すると、入れ替わりで浮《う》かれた様子の侍女が弾《はず》むように入ってきた。昨晩もアイリに衣装を着付けてくれた、エーファだ。

エーファはにっこりほほえんで言った。

「あらあら、月の聖女様、浮かないお顔ですわね？　舞踏会ですのよ、さあさ、はりきってまいりましょう！　ドレスを新たにあつらえますわよ！」

口を挟《はさ》む間も与《あた》えてくれない。エーファの宣言と同時に、ざざっとどこからともなくファッショナブルな一団が現れたではないか！

――ええっ⁉　この人たち、どこに隠《かく》れてたのー⁉

「ご安心ください、月の聖女様。急遽《きゅうきょ》集められたとはいえ、ここにいる者どもは、王都で指折りの仕立屋に靴《くつ》職人、ジュエリーデザイナー。つまり、この国のファッションリーダーなのですわ。それでは皆さーん、いちについて、よ〜いどん、ですわよ！」

いささか興奮気味のエーファの号令に、今か今かとじりじりしていたメジャーや物差しを構えたファッショナブル集団が、わさあっ、っとアイリめがけて殺到《さっとう》する。

「きゃああああああああああ!?」

結局、その日は、ファッショナブル集団により朝から夕刻まで着替えさせられ、あらゆる箇所《かしょ》の寸法を測られ続けたアイリである。

「し、死ぬかと思った……」

疲れ果て、げっそりとうなだれそうになる自分を鼓舞《こぶ》し、背筋を伸ばして正餐の間に入った。七つある儀式のうちの二つ目、王と食事を共にする正餐会に挑《いど》むためだ。

──飢《う》えた猛獣《もうじゅう》の群れにでも放り込まれたかと思った……仕立屋の皆《みな》さんも、お仕事だから一生懸命《いっしょうけんめい》なんだろうけど……。

よってたかって、好みの色や宝石、ドレスの素材や型などの質問を浴びせかけてくる仕立屋たちは、自分こそが王妃《おうひ》のお気に入りに選ばれるのだと目をギラつかせていた。

彼らは、ここで王妃に気に入られるかそうでないかで王都でのステータスが大幅《おおはば》に変動する、とエーファが耳打ちしてくれた。エーファがあのファッションモンスターたちを制《せい》御《ぎょ》してくれなければ、今頃《いまごろ》、アイリは泣いて心を閉ざしていたことだろう。

「まだ二日しか経《た》ってないのに、エーファさんにはお世話になりっぱなしだわ……」

いつもは義理の家族を世話する立場のアイリはしみじみ思う。

使命を背負い、ひとり王宮に放り込まれたアイリにとって、彼女の笑顔《えがお》はひとときの癒《いや》しになっていた。今、アイリが身に着けているドレスも、エーファが『このお衣装もよくお似合いですわぁ』と、にこにこ笑顔で着付けてくれたものだ。

仕立屋のひとりが持ち込んだこの衣装は、さすがに一流のプロが見立て寸法直ししただけある。既製品《きせいひん》とはいえ、妹のフリルたっぷりの少々胸周りが緩《ゆる》いドレスよりもはるかに体に合っていた。

フリルの代わりに、ため息が出るほど繊細《せんさい》な刺繍《ししゅう》を施《ほどこ》されたドレスはエレガントで、オフショルダーのデザインはアイリのほっそりとした肩を華麗《かれい》に演出している。

耳を飾《かざ》る艶《あで》やかな宝石をあしらったイヤリングは、瞳の色を引き立てる。

昨晩の聖女っぽい衣装もだが、装《よそお》い次第《しだい》でアイリの陰気《いんき》な藍色《あいいろ》の瞳がミステリアスで魅《み》惑《わく》的に見えてくるから不思議だ。……なんて、他人事《ひとごと》のように思うのは、実際に今、我が身に起こっている出来事に現実味がまったくないからだ。

これから挑む王との正餐会――ルプス国の貴族にとって正餐会は、招待者と同等に位置すると認められて初めて招待されるもの。つまり、最上の栄誉《えいよ》である。

アイリにとって分不相応を通り越して、非現実的なのだ。自分に課せられた『身代わり』という使命だけが罪悪感を伴って生々しい。

慣れない装いもさることながら、正餐の間には給仕《きゅうじ》と侍従がずらりと居並び、きらびやかな食卓《しょくたく》は銀の燭台《しょくだい》や食器がまばゆく輝《かがや》いていて、アイリを容赦《ようしゃ》なく圧倒《あっとう》する。

そして何よりも彼女にとって現実味がないのは、テーブルを挟んだ向かい側で、美しくも逞《たくま》しい銀狼《ぎんろう》陛下がほほえみながらこちらを見つめていることだった。

もはや異世界に等しい。

栄誉だとか、きらびやかな生活だとか、すべては妹に約束されてきたものだったし、それが正しいとアイリは信じて疑わなかった。だから日常的に貧相《ひんそう》な食事だろうが、使用人の代わりを務めようが特に不満はなくて――。

「どうした？　クリスティーナ」

ギルハルトから妹の名で呼ばれたアイリは、無理やりに口元に笑《え》みを作る。

「少し、緊張を」

「楽にしてくれ。『儀式』なんて意識しなくていい、俺はおまえと食事を楽しみたい」

「はい……」

目の前の白磁の皿に、黄金色《こがねいろ》に輝くコンソメスープが注がれた。すばらしくおいしそうな香りに、アイリのおなかが小さく「くうっ」と空腹を訴《うった》える。

生まれて初めて男性と同衾《どうきん》した心労を引きずったまま、慣れない着せ替えが延々と続くという緊張状態が続き、おなかがすいていたことすら忘れていた。

――よし。せっかくだから陛下の言う通り、食事を楽しもう！

そもそも奔放《ほんぽう》な妹の身代わりを務めているのだから、気後《きおく》れするのはまったく〝クリスティーナ〟らしくない。

さっそくスープをスプーンで掬《すく》い、口に運んだアイリは衝撃《しょうげき》を受ける。

――こんなおいしいスープ、飲んだことない！

少しぬるいと感じたが、温度が低いだけに丁寧《ていねい》に取られただしの風味がよくわかる、すばらしく上品な味なのだ。

代々続く由緒《ゆいしょ》正しい貴族であるベルンシュタイン伯爵家の食事は、現状、大変に質素である。

豪勢《ごうせい》なメニューが食卓に上るのは祝日や特別な祝い事がある日だけ。しかも、養女という負い目を抱えたアイリは、食べ盛《ざか》りの弟妹《ていまい》においしいものは譲《ゆず》ってしまうのでますます質素にならざるを得ない。スープだけで感動の涙《なみだ》を流しかけていたアイリは、目の前に次々と給仕される豪勢な食事に眩暈《めまい》を起こしかけていた。

――な、なんておいしそうなの……!?

美しく盛り付けられた前菜から始まり、メインの魚料理はこんがりとした鱈《たら》のムニエルだ。一口食べてみれば。

――香《こう》ばしくて身がとろけそう……。

仔牛《こうし》のソテーは感動的に柔らかで肉の旨《うま》みが広がり、口の中が幸せでいっぱいになる。さらにメインとして出てきたのは、なんと七面鳥！　こんな高級食材、特別な祝日でもほんの数切れ食べたことがあるかないかだ。

食後のスイーツには生クリームとカスタード、さらにフルーツが幾重《いくえ》にも重ねられた断面も芸術的なケーキに、甘酸《あまず》っぱいレモンクリームのトルテ、宝石のようなメレンゲの細《さい》工菓子《くがし》は意外にも甘すぎず無限に食べられそうで恐《おそ》ろしい。

初めて口にしたアイスクリームには心底驚《おどろ》いた。話には聞いていたけれど、びっくりするほど冷たくて、淡雪《あわゆき》のように口の中で溶《と》けて……この感動は生涯《しょうがい》忘れないだろう。

――どれもこれも、おいしすぎる～！

役目を忘れて、本当に食事を満喫《まんきつ》してしまうアイリである。周囲の和を乱すことを極《きょく》端《たん》に恐れる性質であるが、奇妙なところで神経が図太いのだ。

――こんなおいしい食事を満足するまで食べられるなんて、夢みたい……。

うっとりと幸福な時間に身を浸《ひた》していたアイリは、ふっ、と正面に座るギルハルトから漏《も》れる笑い声に、我に返った。

どうやらギルハルトは、ほとんど食事に手を付けず、ずっとアイリを見ていたようだ。

その視線が不可解でまばたきすると、再び彼は笑みをこぼして言った。

「いや、悪い。うまそうに食べるものだと思ってな」

「はい、本当においしくて――」

――って、いけない……正餐の主催者《しゅさいしゃ》を無視して料理にがっつくなんて、マナー違反《いはん》だったわ！

さらに貴族令嬢のマナーとして、会食では食事は控《ひか》えめにするのが一般《いっぱん》的である。

――私、社交の場には付き添《そ》いでしか行ったことがないから……。

正式な招待を受けたことが一度もないから、完全に失念していたのだ。

羞恥《しゅうち》に頬《ほお》を染めるアイリがデザートスプーンから手を離《はな》そうとすると、ギルハルトは手ぶりでそれを遮《さえぎ》った。

「料理人もそれだけ満足そうに平らげられたなら、光栄というものだ」

鷹揚《おうよう》に言ったギルハルトの温かい気遣いに恐縮《きょうしゅく》しながら、アイリは正面に座る彼の姿を見る。改めて美しい男性だ、と確認せざるを得ない。座しているだけで威容《いよう》が漂《ただよ》うその姿には気品がある。

筋骨の逞しさは今朝目の当たりにしていたし、凶暴なところや昨晩は獣《けもの》の耳まで生やしたところまで目撃《もくげき》したというのに、今、目の前にいる銀狼陛下は粗暴《そぼう》さをみじんも感じさせない。

――本当に、不思議な方だわ。

彼の持つ野性味と理知のアンバランスはきっと他の誰にも真似《まね》できない。それこそが筆《ひっ》舌《ぜっ》に尽くしがたい魅力《みりょく》であり、人を惹《ひ》きつけてやまない魅了《みりょう》の力となっているのだろう。

「やっと食事の皿よりも、俺を見たな」

ギルハルトは満足そうに笑った。

――やっぱり、がっついてると思われてた……！

「どうした。手が止まったではないか」

「っ、いえ、陛下は召《め》し上がらないのかしら、なんて」

「気にするな。俺は俺で忙《いそが》しいんだ」

悠然《ゆうぜん》と座っているだけのギルハルトは、ちっとも忙しそうではない。

「いったん婚約の『儀式』が始まれば、舞踏会を終えるまで『儀式』でしかおまえに会ってはならないのだそうだ。だから、一分一秒が惜しくてな」

彼は、アイリから目を離すことなく言った。

「食事などとっている場合ではない。一秒でもおまえをこの目に焼き付けておかねばならんからな。食事はあらかた済んだな？　ならば、こっちに来てくれ」

こっち、と指し示されたのは、王の隣《となり》に用意された椅子《いす》だった。普通《ふつう》、会食での席順は定められているが、主催者命令なのでアイリは素直に従った。

「失礼します……」

やけに距離が近いので、ギルハルトから遠ざかろうと椅子を動かそうとすれば、その椅子の背がガッと大きな掌に掴《つか》まれ阻《はば》まれる。

「ここでいい」

「は、ですが」

「座れ」

短く命じられ、そろそろと腰《こし》を下ろすと、間近に見つめられる。

うっかり息をしようものなら、それが綺麗な顔に吹《ふ》きかかってしまいそうだ。緊張に息をつめていると、ギルハルトはため息とともにアイリの耳元に囁《ささや》きかける。

「できることなら食事よりも、おまえを食いたいんだがな。昨晩は寝不足だったとはいえ、せっかくのチャンスをふいにした。愚《おろ》かなことをしたものだ」

たっぷりと色香を乗せたまなざしを銀色のまつ毛の奥から向けられたアイリは、昨晩、ギルハルトと同衾した記憶《きおく》を体温までもまざまざと脳裏《のうり》に再生してしまう。

「ん？　顔が赤い。熱でもあるのではないか」

ギルハルトがおもむろに手を伸ばしてくるものだから、アイリは焦《あせ》った。

戯《たわむ》れとはいえ、これ以上、銀狼陛下と身代わりである自分が接触《せっしょく》しているところを宮《きゅう》廷《てい》内の誰にも見られるわけにはいかないのだ。

人の口に戸は立てられない。妹に恥《はじ》をかかせてはならない。彼女の輿入《こしい》れの妨《さまた》げになるのだけは避《さ》けねば……！

王の手が自分に触れるよりも早く、アイリは瞬時《しゅんじ》に食卓の上にあるブドウを房《ふさ》から一粒《つぶ》もぐと強引《ごういん》に彼の口元に持っていった。

「こ、この果物《デザート》、とっても甘くておいしいですよっ！」

目の前に差し出されたみずみずしく輝く緑色のそれに、一瞬、きょとんとしたギルハルトは、やがて「ふうん？」とつぶやくと、なぜだかいたずらっ子のようにほほえんだ。

差し出されたそれを口に含《ふく》む。形のよいギルハルトの唇《くちびる》が指に触れ、アイリが赤くなりながら手を引けば、彼はすばやくその手を捕《つか》まえた。次の瞬間《しゅんかん》──。

「…………⁉」

なんと、アイリの指に、ギルハルトの白い歯が甘く噛みついたではないか！

いよいよ気を失いそうになっていると、彼はとうとうこらえきれなくなった、とでもいうように、くくく、と喉で笑う。

「俺の妃は、いちいち見ていて飽《あ》きないな」

──わ、わからないっ！

陛下はどうして、こんなふうに接してくるのか？

それとも、心をかき乱さんとするこれらのギルハルトの言動は、アイリの知らない王侯《おうこう》貴族特有のマナーだとでもいうのか？

疑問符《ぎもんふ》で頭の中を埋《う》めつくすアイリをよそに、ギルハルトは上機嫌《じょうきげん》な様子だ。

「今朝のひらひらもなかなかそそったが、そのドレスもよく似合っている。綺麗《きれい》だ」

綺麗。

それはいつでも妹に向けかけられてきた言葉だった。

だから自分にかけられているとは夢にも思わないアイリは理解した。ああ、このドレスの着付けとヘアメイクを施してくれたエーファさんを褒《ほ》めておられるのね、と。

それには完全に同意だった。見事に着飾《きかざ》った自分を鏡の前にして、魔法《まほう》でもかけられたのかと感動を覚えたものだ。

おっしゃる通りです、という意味でにこっと笑顔を返したアイリに向かって、ギルハルトは満足そうにうなずきを返すと、アイリの髪《かみ》をひと房取り上げて、キスを落とした。アイリがぴしりと笑顔を凍り付かせたので、まばたきをして彼はその髪を離す。

「……どうも勝手が掴めんな」

首を傾《かし》げ、ぶつぶつと何やら口の中でつぶやいたギルハルトは、気を取り直すようにして言った。

「衣装はともかくとして、だ。おまえに望みはないか？」

「望み……ですか？」

「何か欲《ほ》しいものはないか、と聞いている」

今すぐにでも叶《かな》えてほしい望みならば『これ以上は心臓がもたないですし、不貞《ふてい》を疑われては困ります。あまり近寄らないでいただけますか』だが、そんな不躾《ぶしつけ》は当然、口にするのははばかられる。困ってしまって黙り込めば、『望み』を何にしようか悩《なや》んでいると勘違《かんちが》いをしたのか、ギルハルトは苦笑《くしょう》する。

「難しく考えずともよい。婚約者云々《うんぬん》を抜《ぬ》きにしても、おまえは俺の寝不足とイライラを改善し、機能を取り戻させた。それに見合った褒美《ほうび》を取らせたい」

――『機能』だなんて、ご自分がまるで道具か何かみたいにおっしゃって……。

不思議に思いつつも、アイリは考えてみる。今まで、自分に対して『何かをしろ』と命じる人はいたけれど、望みを聞いてきた人は一人としていなかった。

これまで伯爵家では、すべてが妹のために与えられてきたのだから。

「陛下のお心遣《こころづか》いだけで、十分です。このアクセサリーも、陛下からの賜《たまわ》りものだとうかがっていますが、その……お返ししたく……」

「ふむ。今身に着けているものは、気に入らないか。ならば新しいものを用意するように、すぐ手配しよう」

「違《ちが》うんです！　私はイヤリングだとか、アクセサリーを普段《ふだん》身に着けないので、管理だとか慣れてしまいませんし、片方でも失《な》くしたら大変ですし」

こんなきらびやかな宝飾《ほうしょく》、この先のアイリの人生で必要になることもないだろう。何より、叔父《おじ》に見つかれば、せっかくの王の心遣いを家計の足しにされかねない。

「つまり、おまえは何が言いたい？　ドレスや宝石程度では、おまえを満足させることはできない、というのか」

怪訝《けげん》そうなギルハルトの表情に、機嫌を損《そこ》ねたかしら、とアイリはうろたえる。

「いえ、そうではなくて！　私、アクセサリーを持っていないわけじゃないんですよ？　子どもの頃、ベルンシュタインの家宝のネックレスを譲り受けたんです。祖母が亡《な》くなる前に。それでですね」

自室の棚《たな》の奥深くにしまってある、ネックレス。

時代遅《じだいおく》れの古めかしいデザインのそれは、重たすぎて実用的ではない。身につけてどこかに出かけられるような代物《しろもの》ではなくて――。

途端《とたん》、アイリの体中の血がすうっと冷えていく。

「私、には、それがあります。ですから……」

口の中でつぶやくアイリの青ざめた顔色を見つめていたギルハルトは、ほんの一瞬瞳を細めるが、やがてからりと言った。

「まあいい。必要あろうがなかろうが、おまえにくれてやったのだ。なくそうが捨てようが、おまえの好きにすればいいんだ。こんなものがいくつあったところでただの『物』にすぎん。代わりはある。しかし、おまえの代わりは他にいないからな」

アイリの手を取ったギルハルトは、うやうやしくその甲《こう》に口づける。

さらに指を絡《から》められたアイリは、ひえっと悲鳴を上げかける。視線を上げた彼のアイスブルーの瞳がたたえたほほえみに、今度は心臓を止めかけた。

その色香のなんと強烈《きょうれつ》なことか！

青くなったり赤くなったり忙しいアイリに対して、どうだ？　とでも言いたげな得意げな笑みが彼の口元に浮かんでいて、はっきりと理解した。

この王がする、色香にあふれた言動はマナーなんかではない。彼は、一から十まで自身の魅力を自覚していて、わざとアイリをからかって遊んでいるのだ。

掌の上で、いいように転がされているのだとわかっていても、心臓がドキドキしすぎてどうにかなってしまいそうだ。

――早く、家に帰してください……！

妹が見つからない限り叶わない、決して叶えてはいけない望みを心の中で叫《さけ》んだ、その時である。

「執務《しつむ》のお時間です、陛下。ご準備を」

淡々《たんたん》とした呼び声に、ギルハルトは舌打ちせんばかりに声の主のメガネ近侍長を睨《にら》みつけ、アイリは助かった、と胸を撫でおろしたのだった。

なごりおしくアイリの指に絡めていた指をほどいたギルハルトは正餐の間を去りぎわ、サイラスに耳打ちした。

「……伯爵家について調べておけ。外側だけではなく、内側から念入りに」

「気になることがおありで？」

「クリスティーナは社交界に頻繁《ひんぱん》に出ていると言ったな。しかし、あの〝クリスティーナ〟はろくろくアクセサリーを持っていないらしい」

「御意《ぎょい》」

多くを聞かずサイラスは承知する。

ギルハルトは視線だけで、藍色の瞳の婚約者を振《ふ》り返《かえ》った。

ドレスも宝石も欲しがらない奇妙な伯爵令嬢は、「そのままで」と言い置いたにもかかわらず、生真面目《きまじめ》に席を立って王を見送っていた。

――3.● 彼女の嘘と、嘘ではないお菓子と

正餐会《せいさんかい》の翌日、アイリはギルハルトの私室に案内されていた。

儀式《ぎしき》の三つ目、『ブラッシング』を行うためだ。

本来であれば、王の親族、側近中の側近以外が立ち入ることの許されないプライベートルームは、王のためのくつろぎの空間だ。アイリがエーファから笑顔《えがお》で手渡《てわた》された最高級の猪毛《しげ》ブラシを片手に所在なくしていると――。

「こんなところに突《つ》っ立《た》って、何をしている？」

遅《おく》れて部屋に入ってきたギルハルトが、声をかけてきた。

「ほら、座れ」

儀式を記した巻紙によれば、その内容は『婚約者候補《こんやくしゃ》は王または王太子を膝枕《ひざまくら》して髪《かみ》を梳《と》かす』と説明している。

気高い狼神は、やすやすとただびとに対して自分の身をゆだねたりはしないという。

髪を梳かさせるほど親密なふれあいを許すのは、最上の信頼《しんらい》を示す相手であり、それを

証明するための儀式だというが……ちら、とアイリは王の姿を横目で確認《かくにん》する。美しく整った銀髪《ぎんぱつ》は、どう見てもブラッシングの必要なんてない。それに——。

「どうした、何か不都合でもあるのか」

「そういうわけでは、ないんですが」

まさか、会った初日から同衾《どうきん》し抱《だ》き枕《まくら》にされておいて、今更《いまさら》自分の膝《ひざ》に麗《うるわ》しの銀狼陛下《ぎんろうへいか》の頭を乗せるのが恥《は》ずかしい、なんて言いだせないアイリは、次の瞬間《しゅんかん》、小さく悲鳴を上げていた。

「きゃあああっ⁉」

ギルハルトの腕《うで》におもむろに抱き上げられ、強制的にソファに座らされたのだ。

大人がゆうに五人は座れそうな柔《やわ》らかなソファは、すばらしく座り心地《ごこち》がいい。そしてギルハルトもアイリの隣《となり》にボスッと座ると、逡巡《しゅんじゅん》も躊躇《ちゅうちょ》もなく膝に頭を載《の》せてきた。

「『儀式』なんてふざけた茶番だと思っていたが、貴重な逢瀬《おうせ》だ。こうして密着していられるなら、まあ悪くない」

見上げる瞳《ひとみ》がほほえんで、アイリは内心慌《あわ》てていた。どうしてだろう、正餐からこっち、この目に見つめられると胸が苦しくなって逃《に》げたくなるような衝動《しょうどう》にかられてしまう。

と、ギルハルトは、ふう、と息をつき、体から力を抜《ぬ》いてくつろいでみせる。彼は、疲《つか》れた顔をしているように見受けられた。そういえばサイラスが言っていた。

『陛下は大変に多忙《たぼう》です。儀式は一日にひとつが限度ですので、よしなに』

――私、身代わりなのに、王の貴重な時間を奪《うば》っている……⁉

胸の〝ドキドキ〟が、申し訳なさと罪悪感の〝チクチク〟に変わる。

しかし、それでも、伯爵家《はくしゃくけ》の存続のために役割を果たすためだと罪悪感をねじ伏《ふ》せ、アイリは柔らかそうな彼の髪にブラシを当てた。

「失礼します」

綺麗《きれい》な銀髪は、窓から入る陽光にきらめいている。

無防備にさらされたギルハルトの左頬《ほお》は顎《あご》にかけて美しいラインを描《えが》き、閉じた瞳を縁《ふち》取《ど》る銀色のまつ毛は長く、その横顔は精緻《せいち》な人形のようで……。

思わず魅入《みい》っていたアイリに対して、突如《とつじょ》、ギルハルトが声をかけてきた。

「おまえには、姉がいたな」

「……あね？」

油断していたアイリはきょとんとし、額に落ちる前髪に隠《かく》れた王のまなざしが鋭《するど》くなったことに気づかない。

「おまえには姉と弟がいると経歴書に記していたが、違《ちが》ったか」

「あ、ああ……アイリ・ベルンシュタインのことでしょうか」

「姉であろう？　他人行儀《たにんぎょうぎ》な物言いだな」

「えっと……アイリは、私の実の姉ではなく、養女でして、本来はイトコなんです」

「ほう。では、その『アイリ』とやらは、どのような人物だ」

アイリ・ベルンシュタインとは——つまり自分とは、どんな人間か？　考えたこともない問いを受けて答えあぐねるも、不審《ふしん》に思われたくなくてなんとか言葉を紡《つむ》いだ。

「……姉は…………私とは、似ていません」

「どんなふうに似ていない？」

「………、地味な人、だと思います」

何も思《おも》い浮《う》かばずに、結局、叔父《おじ》からの評価を伝える。

実際、嘘というわけでもない。華《はな》やかなクリスティーナは社交的で、行動的だ。行動的すぎるきらいはあるものの、自分を魅力《みりょく》的に見せるすべを心得ている。

妹は、殿方《とのがた》との接し方、初対面の殿方ともすぐに仲良くなるテクニック、自分に似合う服装や化粧《けしょう》など自分の魅《み》せ方をよく知る一方、地味で手のかかる作業は不得手だった。

そこで、花嫁修業《はなよめしゅぎょう》の家庭教師への提出物は、すべてがアイリに押し付けられてきた。

多額の謝礼を払《はら》ってさまざまな令嬢《れいじょう》教育の家庭教師がついていた妹に対し、アイリは門前の小僧《こぞう》よろしく傍《そば》で授業を見ていただけであるが——伯爵家での仕事に加えて、毎晩夜なべしたものだ。

刺繍《ししゅう》をしてやり、詩を書いてやり、王国の歴史や古典作品を読んで要点だけをかいつまんで教えてやり、貴族同士の茶会に招かれれば、代わりに焼き菓子《がし》を作って持たせ、茶を代わりにいれてやり……。

ちなみに、ルプス国の貴族女性同士では、茶会で互《たが》いにお菓子を供し合うのがマナーである。

立ち回りがうまい妹は、陰《かげ》で姉に押し付けている地味なそれらを自分の手柄《てがら》に見せるのがうまかった。ベルンシュタイン伯爵夫妻は、愛娘《まなむすめ》がそんなことをしているとは毛の先ほども疑わない。

『クリスティーナは、完璧《かんぺき》なレディだ！　我が家の誇《ほこ》りだ！』と信じきっていた。

「……姉は、要領が悪いようでして……」

そんなアイリはといえば、妹の行いに特に反感は覚えなかった。

自分は長女であるし、妹の面倒《めんどう》を見てやるのは当然だと思ってきた。伯爵家に生まれたのだから、伯爵家のために働くのが当然であるとも教えられて育ったのだ。

当然、そんな実情など口に出していないが、ギルハルトは大きくうなずいた。

「なるほど。姉のアイリは、『社交界好きのクリスティーナ・ベルンシュタイン』とは似ても似つかない。アクセサリーなどろくろく持っていないような？」

「……え？」

「おまえと違って、姉は社交界には出ないタイプなのだろう？」

ギルハルトの指摘《してき》を受け、アイリの背筋に冷たいものが走った。

昨日、『アクセサリーを普段《ふだん》つけ慣れない』と口走ってしまった。あれは、もしかして——失言だった？　疑念と後悔《こうかい》への動揺で無言になったアイリに対して、こだわるでも咎《とが》めるでもなく、ギルハルトは話を続けた。

「まあ、そういったことを把握《はあく》しているのは、サイラスなんだがな。あれは王城内だけでなく、王都中で起きることはおおむね把握しているんだ」

「王都中、だなんて」

そんな、まさか……。王都は広大で、深淵《しんえん》だ。にぎわしい表通りならばともかく、宮《きゅう》廷人《ていじん》が物騒《ぶっそう》な裏通りまでを把握しているなんて、とても信じられるものではない。が——ギルハルトの顔色を見る限り、どうやら嘘《うそ》ではないらしい。

「陛下は……どうして、姉のことなど、お知りになりたいのです？」

「俺は今、俺の妃《きさき》に興味津々《きょうみしんしん》なんだよ。だから、妃の家族についても知りたくてたまらんのだ」

ギルハルトの手がすいと動いた。

彼の長い指がアイリの金髪《きんぱつ》を巻き取り、甘いしぐさで弄《もてあそ》ぶ。

ただでさえ青くなっていたというのに、今度は赤くならざるを得ず、やはりこの王の前では感情が忙《いそが》しい。

――いっそ、この場で謝ることができたら、どれだけ楽かしら……。

罪悪感に屈《くっ》しそうになる心をぎりぎりで持ちこたえさせるものは、家を守らねばならないという義務感だけ。

「ん？　どうした、愛《いと》しいひと」

必死に言い訳をひねり出そうとするアイリに向かって、ギルハルトは悠然《ゆうぜん》とほほえみを浮かべる。彼の唇《くちびる》がアイリの髪のひと房《ふさ》に口づけた。

からかわれている？　試《ため》されている？　あたかも肉食獣《にくしょくじゅう》にもて遊ばれる仔《こ》ネズミのような気持ちで、ぐるんぐるんと眩暈《めまい》が襲《おそ》いくる。

まだだ、まだ終わっていない。諦《あきら》めたらそこですべてが終わってしまう。王の執務《しつむ》の時間までだ。それまで時間を稼《かせ》ぎさえすれば、この場を逃《のが》れられる！

「わ、わ、私のことよりも、私は、陛下のことをうかがいたいですっ」

「俺？」

「はい！　じ、実は、私も、私の旦那《だんな》様に興味津々、なんですよ！」

誰がどう聞いてもわかるような苦しい話題のすり替《か》えに、ぱちぱちまばたいたギルハルトは、日差しがまぶしい時にするようなしぐさで、大きな掌《てのひら》で自らの顔を覆《おお》ってしまった。心なしか、首筋が赤らんでいるような――。

――もしかして、照れていらっしゃる……⁉

自分なんかに興味を持たれて照れる殿方がいるなんて、いつものアイリであれば考えもつかないが、今はとにかく時間を稼ぎたい。藁《わら》をも摑《つか》む思いで畳《たた》みかけた。

「私、陛下のこと、もっともっとたくさん知りたいんですっ。お願いします、いろんなことを教えてください！」

ギルハルトは上目遣《うわめづか》いでアイリを見上げると、「俺のこと……」と、口の中でつぶやいてから何やらしばし考える。ふい、と視線を逸《そ》らして問うた。

「おまえ、俺のオオカミ耳を見て……どう、思った？」

自分の正体を検《あらた》める罠《わな》かと一瞬《いっしゅん》疑うアイリだが、そもそも大嘘をついて相手を欺《あざむ》いているのはこちらのほうだ。だから、せめて他のことでは嘘をつきたくない。

ギルハルトのふかふかな獣耳《けもみみ》を見たあの瞬間、どう思ったか。

「驚《おどろ》き、ました」

「ああ、確かにそんな顔をしていたな。しかし……驚いたのなら、どうしてあの時に逃げなかったんだ」

「え……？」

「俺は気が立っていた。戦うすべを持たないおまえには、さぞ恐《おそ》ろしかっただろう。おまえにとって、俺との婚約は子どもの頃から決まっていた、いわば役目だ。それでも命には代えられまい？　俺は『うせろ』と警告もしたはずだ。だが、おまえは逃げなかった。それはなぜだ？」

確かにあの時、命の危機を覚えた。逃げてしまおうかとも思った。それでも、結局、アイリは留まった。説明はつかないが、あの時、直感したのだ。

この人を、置いて行ってはいけない、と。

説明がつかないので、アイリは事実だけを答えた。

「陛下、お苦しそうでしたし……」

「だから、放っておくわけにはいかないと？　自分が危険にさらされていたのに？　命も顧《かえり》みずに、俺を心配してみせたのは、後で咎めを受けたくなかったから？　名誉《めいよ》も忠義も、死んでしまえば意味がなかろう？」

皮肉っぽい口調でここまで言ったギルハルトは、なぜか変な顔をする。まるで、甘いシロップだと思って口に含《ふく》んだ液体が、苦い薬湯《やくとう》だったとでもいうように。

「………すまん。今のは失言だ。忘れてくれ」

アイリの膝の上で、彼は気を落ち着かせるように長く長く、息をつく。

「どうも、この体勢はいかんようだ。まるで甘ったれの幼子ではないか。……愚《ぐ》にもつかんことを言うつもりなどなかったんだ。おまえには、あのオオカミ耳を知られただけでもみっともないっていうのにな」

もごもごと言い訳じみたことをごちると、ギルハルトはぷいと顔をそむけた。

そのしぐさは、まるで――。

――陛下、落ち込んでいらっしゃる？

確かにギルハルトの言う『失言』は、これまでの〝銀狼王〟とは違い、アイリを手玉に取る大人の男という感じではなかった。

この王は、どうも皆《みな》が求めている国王陛下の姿でいることへの矜持《きょうじ》が強いようだ。もしも今、彼に獣の耳があれば、それはしゅんと垂れていただろう。

容易に想像ができたアイリは、恐れ多い、だとかの恐縮《きょうしゅく》も忘れ、ほとんど無意識に彼の銀髪を撫《な》でていた。落ち込んだ飼い犬にしてやっていたのと同じように。

ぴく、とわずかにみじろいだが、ギルハルトは撫でるがままにされている。さっきまで、あんなに余裕《よゆう》たっぷりにアイリを翻弄《ほんろう》していた男と同一人物だとは思えなくて……申し訳ないけれど、少しだけ笑ってしまう。

「笑うほど、俺のオオカミ耳はみっともなかったか」

むっとした拗《す》ねたような声に問われたのに驚いて、思わず手を止める。

「撫でるのは、やめなくていい」

「え？　あ、はい……！」

素直《すなお》に撫でるのを再開しつつ。

「――って、違うんです！　陛下のあのお耳、みっともないなんて思ってませんから！」

「ならば、どう思ったんだ」

「……申し上げても、怒《おこ》りませんか？」

「正直に言ってみろ」

「かわいかった、です」

「かわいかった？　気が立ったあの状態の俺がか？　正気か」

「失礼だとは思ったんですが、『正直に』とおっしゃったから」

「おまえは本当に奇妙《きみょう》な女だな。かわいい？　かわいい、ね。かわいい、か……」

ギルハルトは、まるで今、生まれて初めて聞いた覚えたての言葉のように、『かわいい』を口の中で転がしている。

「初めて言われたな……」

異形の耳について、他の誰かに、何かを言われたことでもあるのだろうか。

「陛下のあのお耳を知っている方は、他にいらっしゃるのですか？」

「今、生きている者で知っているのは、サイラスとおまえの二人だけだ」

「……そうなんですか」

「そういえば、サイラスの野郎《やろう》はこの耳を見て大笑いしやがったな。あれはたまに首を絞《し》めてやりたくなるくらい腹が立つ男なんだ」

拗ねたような声の調子は、照《て》れ隠しなのか冗談《じょうだん》めかしたもので、そういう陛下もちょっとかわいいな、と思うけどアイリは黙《だま》っている。聞かれもしないのに、そこまで言ってはさすがに不敬だろう。

「他に俺の異形の耳を知っていたのは死んだ母親と、その腹心どもくらいか。母は……あの人は、ひどく恥じていたな……」

十年前、先王は、自分の嫡子《ちゃくし》が人狼《じんろう》の血を色濃《いろこ》く残していると気づいた。しかし、異形の耳については知ることなく亡くなったこと、母はギルハルトに対して獣耳については秘密にするよう厳命したこと、その言葉を守って秘していたが、この半年の間に、サイラスには知られてしまったこと。結果として近侍長《きんじちょう》として耳の秘密を守るのに一役買うようになったことまで、ギルハルトはアイリに教えた。

「陛下のお母様、『恥《はじ》』だなんて……」

だからギルハルトは、あの満月の夜、あんなに必死に異形の耳を『見るな』と拒《こば》み、人を呼ばれるのを嫌《いや》がったのだろうか。

「まあ、無理もないがな。一国の王が犬畜生《いぬちくしょう》であることを求めている臣民なんてどこにもいない。おまえだって嫌だろう？　夫に『かわいい』オオカミ耳が生えていたら、恥ずべきことだと思うだろう」

想像してみる。自分が、この美しい王の秘密を知っている妃だったとして——。

「嬉《うれ》しい、かもしれません」

「なんだと？」

「だって、皆さんは知らないのに私は知ってるって、特別みたいですし。で、でも、臣下の方々は、きっとあのお耳を見ても、みっともないなんて思われませんよ。神話は本当だったんだって驚くとは思いますが。私も、これまで自分が月の聖女の末裔《まつえい》だなんて、意識したことなかったから驚きっ、――ひゃあああっ⁉」

アイリは悲鳴を上げた。膝枕の格好のままのギルハルトに大きな掌で、ぐい、と後頭部を引き寄せられたのだ。

「おまえは見た目に似合わず、豪胆《ごうたん》な女だな。愛しい人。俺の妃。今すぐキスがしたいんだが、許可をもらえるだろうか」

「は……⁉　だ、駄目《だめ》ですっ！」

「……駄目か」

素直に引き下がるも、間近にあるギルハルトの顔が心底残念そうな表情を作る。今の彼にオオカミ耳が生えていたら、やはり、しゅんと垂れていただろう。

「ベルンシュタイン一族は、みんなおまえのように勇敢《ゆうかん》なのか？　婚約者に殺さんばかりの威嚇《いかく》をされても、獣の耳が生えていても、逃げるどころか『かわいい』で済ませられる。そんな女、この国のどこを探したっていやしない」

ベルンシュタインの女である妹が絶賛逃亡《とうぼう》中であるから、『勇敢か』と問われれば『否』

であるが、もちろんそんなことは教えられないので口を引き結んだまま黙秘《もくひ》した。すぐ間近に魅惑《みわく》的な国王陛下の美貌《びぼう》がある、この特異な状況下《じょうきょうか》で口を開けば何を口走ってしまうかわかったものではない。

見上げてくるアイスブルーの瞳が焦《こ》がれるように細められ、冴《さ》えた色のそれとは正反対のとろけるように甘く、熱のこもる声が囁《ささや》いた。

「クリスティーナ」

妹の名を。

それに、胸が痛む自分がいる。なぜだろう——嘘をついている罪悪感のせい？　それとは少し違うような……。

胸の痛みに気を取られるアイリの頬が、するりと撫でられた。色めいた手つきに、先ほどの痛みとはまた別のざわめきを胸に覚えてアイリはたじろぐが、後頭部に置かれたままのギルハルトの手が、逃げるのを許してくれない。

「俺の秘密を教えたんだ。今度はおまえの秘密を教えろよ」

企《たくら》みごとでもするかのごとく吹《ふ》き込まれる低音の囁きに、腰骨《こしぼね》が掴まれたような錯覚《さっかく》を覚える。

アイリの〝秘密〟は他でもない、身代わり婚約者という事実だ。

電流でも流されたように背筋が震《ふる》える。胸の騒《さわ》ぎで乱れる心に、鼓膜《こまく》を痺《しび》れさせる低音がさらに畳みかけた。

「おまえは俺の特別だ。俺も、おまえの特別にしてくれないか？」

見上げてくる瞳が、乞《こ》うような色を宿していて……ただでさえ男性に対して免疫皆無《めんえきかいむ》のアイリが、どうしてこの恐るべき魅了《みりょう》の力の持ち主に、抗《あらが》うすべを持っていようか？

危《あや》うく何もかもを白状しそうになった、その時である。

首席近侍長の淡々《たんたん》とした、それでいて張りのある声がプライベートルームに響《ひび》いた。

「陛下。執務のお時間です」

途端《とたん》、魔法《まほう》が解けたように色香をひっこめたギルハルトは、脱力《だつりょく》したようにアイリの後頭部を解放する。

「……な？　首を絞めてやりたくなるだろう」

やれやれ、とばかりに彼は何事もなかったように前髪をかき上げた。一方のアイリはといえば――。

――た、た、助かったあ――――！

命の恩人と呼んでもおおげさではない。正味二度目の救済に、心の中で、サイラスにひれ伏さんばかりに感謝を捧《ささ》げるのだった。

日が変わって、アイリは王宮内の厨房《ちゅうぼう》に立っていた。

七つある儀式の四つ目、手料理を王にふるまうためだ。

アイリの補佐のためにと見守る宮廷料理人たちから、『手をお貸しいたしましょう』という声かけが、どういうわけかやけに多い。

「恐れ入ります。では、オーブンの温度調整だけ、お願いできますか？」

彼らの聖域に踏《ふ》み入ることに恐縮しながらお願いすれば、不可解そうな視線が好奇《こうき》のそれに代わる。その理由をアイリが知るのは、後の話である。

——さて、何を作ろうかな。

ティータイムにふるまうのだから、作るのは茶に合う菓子で問題ないはずだ。

これまでにアイリは、菓子作りも茶の淹《い》れ方も『完璧な令嬢クリスティーナ』の代わりとしてずいぶん練習してきたし、実際に貴族同士の茶会で何度もふるまってきた。なんとかなるはずだ、とさっそく用意された材料を見繕《みつくろ》おうとして、その豊富さに感嘆《かんたん》する。

最高級のバターに、高価なお砂糖が使い放題！　これだけでも感動的なのに……隣国《りんごく》でしか採れないというルプスでは貴重な木の実の数々が並び、書物の挿絵《さしえ》でしかお目にかかったことのない南国産と思《おぼ》しき干果からはいい香りがしている。

貧しい予算から、なんとか材料費を捻出《ねんしゅつ》してきたこれまでの苦労から考えれば夢のよう……。わくわくしながら眺《なが》めていたアイリは、ハッとした。

——そういえば、昨日の『ブラッシング』の時、陛下にどんなお菓子がお好みか聞くのを忘れてた！

ギルハルトの色気に翻弄され、失念していたのだ。一瞬焦《あせ》りかけ、しかし思い直した。

——今回、私が作るお菓子は、陛下のお好みに合わないほうがいいんだよね……。

しょせん、身代わりである。

王の攻略法《こうりゃくほう》を見つけ出し、妹の成功の踏み台になることこそが役目。ぎりぎり失格にならない程度の出来の菓子を出して、後から来る妹を引き立てるのが正解のはずだ。

わざと小麦粉を振《ふ》るわずダマだらけにするとか、焼く前の生地《きじ》を必要以上に混ぜてふんわりさせず、べとっとした仕上がりにするだとか——わざとおいしくない菓子を作る行程を想像しただけで、気持ちが暗くなりそうだ。

のろのろと視線を材料に戻《もど》そうとしたアイリの脳裏《のうり》に、ギルハルトの顔がよみがえる。

疲れた顔に笑《え》みを浮かべた彼は、多忙の中でアイリのために時間を捻出してくれた。

王都の情報に通じる者が、常に王の傍に控《ひか》えているのだ。身代わりが露見《ろけん》するのは時間の問題で、ギルハルトに会える機会は、あとほんの数回しかなくて——。

——ただでさえ嘘をついているのに……わざと失敗したお菓子をお出しするなんて、絶対にしたくない。

いくら役目であってもだ。

意を決して顔を上げると、真っ赤に熟《う》れたリンゴが視界に飛び込んできたのだった。

オーブンから甘く香《こう》ばしい匂《にお》いが漂《ただよ》ってくる。アイリは出来上がった菓子を皿に盛り付けると、儀式を記した巻物を手に内容を確認した。

「えっと、『月の聖女候補は手ずから料理を作り、それを互いに食べさせ合う』」

じっと手を見る。

先日、ブドウと一緒《いっしょ》にギルハルトの唇に甘噛《あまが》みされた指に熱を覚えて、途端に顔までカッと熱くなった、その時である。

「レディ・クリスティーナ？　準備は整いましたか？」

「は、はい‼」

サイラスに声をかけられ、慌てて盆《ぼん》を手にするアイリは――。

――このお菓子……陛下のお口に合うといいな……。

わざと失敗しようと企みかけた上に、常日頃《つねひごろ》から宮廷の最上級のごちそうを食べている貴人に対して、そんな不遜《ふそん》を考えてしまうなんて。

『アイリ・ベルンシュタインは、どんな人間か？』

なんとも強欲《ごうよく》な自分を新発見し、戸惑《とまど》うアイリなのだった。

紅茶と焼きたての菓子を載せた盆を手に、アイリは王の執務室へ入った。

執務の真っ最中だったらしいギルハルトは、手元の書類に視線を落とし難しい顔をしていたが、アイリの姿を認めると、相好を崩《くず》して歓迎《かんげい》を示す。

「待っていたぞ！」

書類もほっぽり出して、さっさと執務机を離《はな》れ、応接用のソファに腰《こし》を下ろす。

どうやら本当に待ちわびてくれていたらしい。ギルハルトはやはり疲れた顔をしているものの、アイリの目には、彼のおしりに嬉しそうに揺《ゆ》れる狼の尻尾《しっぽ》の幻影《げんえい》が見えるようだった。

「甘酸《あまず》っぱい匂いがするぞ。それはなんだ？」

「はい。これは、アプフェルクーヘン。リンゴを使った焼き菓子です」

たっぷりのバターを贅沢《ぜいたく》に使った生地の上に、薄《うす》くスライスしたリンゴを敷《し》き詰《つ》めてこんがりと焼いたお菓子だ。

「手の込んだものではありませんし、色々と用意してくださった材料にはめずらしい素材もあったんですが、おいしそうなリンゴがあったので」

「？　まさか……この菓子は、おまえが作ったとでもいうのか？」

「え？　は、はい、その通りですが」

うなずきながらも、アイリは内心で冷《ひ》や汗《あせ》をかく。

──どうしよう、私、何か間違《まちが》えたのかしら？

巻紙には、『月の聖女候補が手ずから作ったもの』と明記されていた。ギルハルトも承知しているはずなのに。

戸惑いながらも食べやすいようにカットして給仕《きゅうじ》をすれば、ギルハルトは興味深そうに菓子の載る皿を掲《かか》げ、ためつすがめつする。やがて、自らの口元を指さした。

食べさせろ、と。

アイリがフォークを手にすれば、それをギルハルトは手ぶりで止める。

「おまえの手で食べさせろと言っているのだ」

「手づかみですか？　それは、お行儀が悪いのでは」

「何を言う。これは、神聖な儀式であるぞ」

わざとらしく真面目ぶった物言いに、緊張《きんちょう》も忘れて笑いを漏《も》らしてしまいそうになりながら、アイリは命じられた通り、指でつまんだ焼き菓子を彼の口元に持っていった。

指をまた舐《な》められるのでは、と、ぱっと手を離したアイリの警戒《けいかい》ぶりを見て、ギルハルトもまた、笑いをこらえるような顔をしながら咀嚼《そしゃく》する。

「うん。うまいな、これは」

「本当ですか？」

ギルハルトはほほえんでうなずいた。

「ああ。甘酸っぱいリンゴがしっとりした生地とよく合っている。香ばしい焼き加減も絶《ぜっ》妙《みょう》だ。リンゴの香りの良さが、この茶ともよく合っているしな」

彼の笑顔がもう一度見られたら、きっとすばらしい気分だろうとは思ったけれど、予想以上だった。アイリの胸は温かく、これまでに覚えたことのない喜びに満ちている。

これまでにも茶会に持参した菓子を褒《ほ》められることはあったが、それらは妹に向けての賞賛だった。それでも、そのおかげで、一朝一夕《いっちょういっせき》でできない菓子作りが上達して、ギルハルトの笑顔が見られたと思えば、妹に感謝の念すら湧《わ》いてくる。

妹が戻ってきたら、急いで作り方を伝授してやらねばならない。

これまでは『仲良し姉妹《しまい》』と言う体《てい》で、貴族同士の社交に付き合わされていたが、さすがに王宮への輿入《こしい》れにまではついて来てやれないのだから。

「この茶も、おまえが淹れたのか？」

「はい。茶葉は、お茶担当の方にお願いして分けていただきました。サッパリした高産地の茶葉とコクがある低産地の茶葉をブレンドして、焼いたリンゴの甘酸っぱさに合うようにしてみたんです」

湯気の立つ紅茶のカップを覗《のぞ》き込み、ギルハルトは感嘆する。

いたんだが」

「そんな工夫《くふう》があるとは……これまで茶は、眠気《ねむけ》が覚めればいいとだけ思って用意させて

「もしかして、陛下が先日飲んでいらした、苦そうな匂いのしたお茶も？」

「ああ。あれは命じて、めいっぱい濃《こ》く淹れさせたんだ」

それは、茶の担当官には屈辱《くつじょく》のオーダーだったに違いない。

「茶がうまいと思ったのは、半年ぶりだ。この半年は、ティータイムを楽しむようなゆとりもなかったからな」

とにかく人狼の血に目覚めてからは不眠《ふみん》に悩《なや》まされたというギルハルトは、執務中も頭がぼうっとするわ、イライラするわで苦しめられたと述懐《じゅっかい》する。

「剣技《けんぎ》のほうは冴えて、戦う力は二倍くらいになっていたように思うんだがな。気性《きしょう》が荒《あら》くなっていた自覚がある。乱世であればともかく、平和を維持《いじ》する国家の王としては使い物にならん」

笑顔だったギルハルトは、一瞬、難しい顔をするが、すぐに元の表情に戻して言った。

「ああ、すまない。せっかくのおまえといられる時間に辛気臭《しんきくさ》い話をしてしまった」

「いいえ。あの、陛下。お忙しいでしょうが、どうか、ご無理をなさらないでくださいね。今日は、少しでも元気になっていただきたくて、いつも作っているものよりもたくさんリンゴを入れてみました」

「リンゴを？　どういうことだ」

「ものの本に、リンゴは疲労《ひろう》回復にいいと書いていたんです。ですから……」

これは儀式だ。今、必要なのは菓子を食べさせ合うということだ。差し出口だっただろうか、と、怖気《おじけ》づくアイリに対し、なぜかギルハルトは、きょとんとまばたきする。

「疲労、回復……？」

「はい。陛下、お疲れがたまってらっしゃるようだったので。リンゴに含まれる酸が、体の調子を整えるんだそうですよ」

まだ不思議そうにまばたきながら、焼き菓子を見つめて、ギルハルトは言った。

「……俺は、そんなに疲れた顔をしているだろうか」

「失礼ながら」

自覚がなかったのだろうか？　遠慮《えんりょ》がちにうなずくと、彼は独り言のように自省する。

「臣下を委縮させるのをなんとかしなければ、とばかり考えていたが……そうか……」

やけに真剣《しんけん》な目をして、ギルハルトは皿の上の焼き菓子を見つめた。

「それにしても、茶の時間に栄養学の話を聞くとは思わなかったぞ。茶の工夫といい、おまえにはいちいち驚かされる」

「そ、そんなおおげさな」

「何を言う。これはたいしたことだぞ。美しさや味を誇る嗜好品《しこうひん》は山ほど見てきたが――

菓子で栄養を取るなど、見たことも聞いたこともない。考えも及ばなかったから、驚いたと言っているのだ。誰かに習いでもしたのか」

「せっかくお褒めいただいたんですが、社交界で懇意《こんい》の方に譲《ゆず》っていただいた本で読んだだけで、教わったわけではないんです」

正確な経緯《けいい》は、妹が供した菓子をいたく気に入った貴族夫人から『お菓子作りの参考になれば』とさまざまな国の菓子の素材や、最新の栄養学の書物が何冊か贈《おく》られた。妹が表紙すら開かず放り出したそれらを時間を捻出しては読んでいたのだ。

家の仕事に追われる日々の中、外の世界を知ることができるささやかながらも楽しい時間だった。

「本当に疲れがとれるようだ……独学でこれだけやってのけるとは、俺の妃は賢《かしこ》い上に、勉強熱心なのだな。ん？　なんだ、その顔は」

「あの、いえ……」

そんなふうに誰かに言われたことがないので驚いてしまって、という言葉をアイリは飲み込んだ。また余計なことを言って、身代わりを疑われるわけにはいかない。

アイリは照れに熱くなった顔を隠すように俯《うつむ》いた。

『俺の妃』はともかくとして、面と向かって『勉強熱心』などと褒められたことは記憶《きおく》の限り一度もなかった。使用人の足りていない家の仕事の穴埋《あなう》めをアイリが必死にこなすのを、使用人たちから同情されこそすれ、どんなに菓子や食事に工夫をしてみても、義理の家族は当たり前の顔をしていた。アイリ自身、そんなものだと思ってきた。

だからギルハルトが喜んでくれるのは嬉しいけれど、どう受け取ればいいかわからない。

ただ、ひとつだけハッキリしているのは、わざと菓子作りに失敗しなくてよかった、ということだ。

嬉しくて緩《ゆる》みそうになる頬を引《ひ》き締《し》めていると、ギルハルトがなおも感心したようにつぶやく。

「何もかも新鮮《しんせん》だ。そもそも焼きたての菓子など生まれてこの方食べたことがない」

しっとりした生地のこのお菓子は、冷めてもおいしいが、焼きたてだとリンゴのとろっとした部分がより甘くて格別だ。

「普段、俺の口に入るものはなんであれ、出てくるまでに手順を踏まねばならないんだよ。手順の中には毒見も入っているからな」

「毒、ですか？」

「ああ。人狼は頑丈《がんじょう》だからな。少々刃《やいば》に刺《さ》されたくらいでは死なないんだよ。だから、かつて王族と敵対するものどもは、毒を使った。建国したばかりのまだまだ情勢が不安定な頃《ころ》は毒殺を常に警戒していたという。そのなごりだろう」

「もしかして、儀式の『互いに食べさせる』っていうのは――」

「サイラスの調べによれば、この儀式は、月の聖女が自ら食物を調理し供する、いわば信頼を築くためのもの、とのことだ」

この国では、かつて王族の暗殺を目論《もくろ》むものは毒を使い、その影響《えいきょう》で貴族同士の諍《いさか》いでも毒物が持ち出されたという。そんな事情から、昔の貴族は互いに料理を作って供し合うのが互いの信頼関係を結ぶ作法だったという。

ルプス国の貴族女性の間で、菓子を作って茶をふるまうというたしなみは、そのなごりなのか……アイリは納得《なっとく》しながらも、不思議に思って首を傾《かし》げた。

「おそれながら、この儀式の目的が、『毒は入っていない』と信頼を示すものでしたら、私がお菓子を先に食べてみせなければ意味がなかったのでは……?」

「その必要はない。なんのためにベルンシュタイン伯爵家を由緒《ゆいしょ》正しいものとして脈々残し、身元をはっきりさせていると思っている」

銀狼陛下はアイリに対して、『おまえを信頼してる』と言っているのだ。

この数日、嘘をつき信頼を壊《こわ》し続けているアイリが、再び罪悪感に痛む胸を押さえていると、突然《とつぜん》、腰を引き寄せられた。

そのまま、ソファに座るギルハルトの膝に座らされる。

「ひあぁっ!?」

「こら、そんな声を出すんじゃない。どうにかしてやりたくなるだろう」

「どうにか？　ど、どうされるんですか……？」

「教えてやりたいのはやまやまだが、まだ明るすぎるな」

残念、とばかりに肩《かた》をすくめて王は言った。

「なごり、という意味では、月の聖女を妃にというのと変わらん。まあ、そのつまらん慣習のおかげでおまえと出会えた。しきたりも悪いばかりじゃないということだ」

間近にあるその笑顔に、アイリはやっぱり罪悪感とは違う胸の苦しさを覚えてしまう。大きく鳴る胸の鼓動《こどう》が止まらない。

「さあ、俺の妃が俺のために作った特別な菓子だ。もっと食わせてくれ。おまえに見とれてばかりいると、先日の正餐みたいにまた食い損《そこ》ねてしまいそうだ」

アイリの菓子を手ずから食べる王は、まるで満たされたわんこのようだった。

不敬にもそんなことを考えるアイリだが、その様子があまりにも幸福そうで、今はないはずのオオカミ耳と、見たこともない尻尾が機嫌《きげん》よく振られているのが見えるようで、可笑《おか》しくなってくる。

緊張していた自分が少し馬鹿馬鹿しくすらなってきて、思わずぷっ、と吹き出せば、おまえも食え、と口に菓子を無理やり入れられた。

ほおばったそれは、いつもよりも甘く感じて。

——ちょっとお砂糖が多かったのかな？

いつも通りに作ったはずなのに。

ギルハルトと菓子を食べさせ合いながら、ちょっと困った顔をしてアイリは言った。

「国王陛下のティータイムが、こんなお行儀が悪くっていいんでしょうか」

「伝統ある『儀式』だっていうんだから、仕方ないだろ」

二人は秘密を分け合うように、額を寄せ合いくすくす笑い合う。

「そうですね。仕方ないですよね」

こんなにも誰かに心を開いて笑ったのは、アイリにとっては物心ついてから初めての経験だ。それが王様相手だなんて、変なの、とますますおかしくなってくる。

涼《すず》やかな虹彩《こうさい》の怜悧《れいり》なまなざし。整った鼻梁《びりょう》で一見冷たそうに見えるこの王は、しかし笑うとどこか無防備でアイリの心を温める。

ああ、この笑顔が好きだな、と素直に感じるアイリは気づいてしまう。優《やさ》しくて、頼《たよ》りがいがあって、たまにかわいくて——この王が、すっかり好きになっている自分に。

暴君の噂《うわさ》に怯《おび》えていた妹も、彼が大好きになるだろう。安心して輿入れできるはず。妹が戻ってくることは、すなわち、アイリの身代わりの嘘が露呈《ろてい》するということで。

——陛下は、嘘をついていた私をどう思われるんだろう……。

軽蔑《けいべつ》する？　怒って、呆れる？

どう思ったとしても、この笑顔が凍《こお》り付くに違いない——想像するだけで、アイリの胸《むね》

の奥底が冷たい痛みと寂《さび》しさを覚えた、その時である。

「失礼します」

ノックと共に、執務室の扉《とびら》の向こうの侍従《じじゅう》が、扉の傍に控えていたサイラスに対して何かを耳打ちした。人の目が急に恥ずかしくなってきたアイリが、ギルハルトの膝から下りようとするも、彼は腰に回した腕を緩めず、逃がしてくれない。

ひそかな攻防《こうぼう》を二人が繰《く》り広《ひろ》げていると、サイラスが近づいてきた。

「お楽しみのところ失礼します、陛下。グレル侯爵《こうしゃく》がいらして謁見《えっけん》を願い出ておられます」

「追い返せ。神聖な儀式の最中だ」

逡巡なく命じるギルハルトに対して身を乗り出したサイラスは、ギルハルトにだけ聞こえる声で耳打ちした。これまでご機嫌だった王のまなざしが鋭くとがる。

アイリを膝から下ろすと「ここにいろ」と言い置いて、早足で執務室を出て行った。

グレル侯爵、とサイラスは言った。月の聖女を王妃《おうひ》に据《す》えるのを断固反対しているという、王宮に来た初日に顔を合わせたあの孔雀《くじゃく》のように着飾《きかざ》った貴族のことだ。

「レディ・クリスティーナ」

嫌な予感にとらわれ、アイリはサイラスが妹の名を呼ぶのにも気づかなかった。

「クリスティーナ様。クリスティーナ・ベルンシュタイン様」

「え……ああ、はいっ⁉」

「どうなさいました、レディ。顔色がお悪いようですが」

「い、いいえ、儀式が中断したので、驚いてしまって」

苦しい言い訳をする。

サイラスは王の去っていった方向を見つめ、しばし考えるような間の後に言った。

「今、陛下が謁見に向かった、グレル侯《こう》をご存じですか？」

「はい。叔……ではなくて、父から聞いています」

「あなた様は陛下の婚約者として——正確には候補ですが、まあ、細かいことは置いておいて、当事者として把握していたほうがいいかもしれませんね。グレル侯は、ベルンシュタイン伯爵家から王妃を輩出《はいしゅつ》する慣習を、よく思っておられない。直截《ちょくせつ》に申し上げると、潰《つぶ》したがっておられます」

淡々と、しかし、サイラスの言葉には嫌悪《けんお》がにじんでいる。この近侍長はどうやらグレル侯爵の働きかけを歓迎していないようだった。

「そしてグレル侯のように、銀狼陛下と自分の娘《むすめ》とを結婚《けっこん》させたがっている貴族は多いのです。王は若く権力基盤《きばん》が固まり切っていない。権勢を得て、国の中枢《ちゅうすう》に陣取《じんど》るのであれば、この機を置いて他にありません」

直截にもほどがあるだろう。アイリがひるんでいると、サイラスはくるりと踵《きびす》を返《かえ》した。

数歩進んだところで、振り返る。

「レディ、こちらへ。できるだけお静かに願います」

「え？　ど、どこへ――」

「お早く」

急《せ》かされるまま早足で、音もなく歩く近侍長の後ろを足音を立てないようについていく。

連れられた先は、用途《ようと》不明の小部屋だった。数脚《きゃく》の椅子《いす》の他、家具など見当たらず、がらんとしている。物置部屋ではないらしい。

口元に人差し指を立てるサイラスが手招いた先、部屋の奥には小さな四角い窓のようなものがある。それをサイラスがそっと開くと、壁《かべ》の向こう側の様子が見える。

見覚えのある、あの場所は――謁見の間だ。玉座に就《つ》く王の姿が見えて、その向かいには、ごてごてと着飾ったグレル侯爵の姿がある。

どうやら、この部屋は謁見の間に繋《つな》がる隠し部屋で、窓は覗き窓のようだ。

おおげさな身ぶりをして、グレル侯爵が何やら王に対して訴《うった》えている。

「おお、我が陛下！　あなた様は、ベルンシュタイン伯に騙《だま》されておいでなのです！」

アイリはぎくりとして息をのんだ。

「あの下劣《げれつ》な男が陛下の元へ連れてきた娘は、あなた様の正式な婚約者ではございません。あれは真っ赤なニセモノですぞ！」

――4．●身代わりだって言ってるじゃないですか!?

身代わりの嘘《うそ》は、あっけなく露見《ろけん》した。

アイリは身動き一つできない。真っ白になった頭は、何も考えることができず、グレル侯爵《こうしゃく》の朗々とした得意げな口上が、ただ耳に入ってくるばかり。

「私の従者のひとりが訴《うった》えておるのです。『社交界で、自分は本物のクリスティーナを何度も見ましたが、アレは違《ちが》います』と。顔立ちは似ていても、瞳《ひとみ》の色が明らかに違うのだと。では、あなた様の婚約者《こんやくしゃ》と称《しょう》する娘《むすめ》は誰《だれ》なのか？　下男を使って伯爵家《はくしゃくけ》を調べさせたところ、この数日、姉妹《しまい》の姿が揃《そろ》って見えないというではありませんか！　クリスティーナが今、どこにいるかはわからずじまいでしたが、王宮に留まる小娘《こむすめ》の正体は知れましたぞ。あれは〝アイラ・ベルンシュタイン〟といって、ベルンシュタイン伯《はく》の養女です。おわかりですか、親愛なる陛下《へいか》！　あなた様はたばかられているのです。侮辱《ぶじょく》と不敬と、詐欺《さぎ》と……なんとおぞましい悪党か！　尊い主君を騙《だま》すなど、とても許せるものではない！」

あたかも舞台上《ぶたい》のセリフであるかのように、身ぶりまで芝居《しばい》めいた侯爵は、さらにベルンシュタイン伯爵の悪い噂《うわさ》をつらつらと並べ立てた。それらはおおむね事実だったが、今のアイリにとって、その虚実《きょじつ》はどうでもよかった。

役目をまっとうできなかった。自分に与《あた》えられた役目は亡《な》くなった母と父の分、ベルンシュタイン伯爵家に尽《つ》くすこと。できることは、それだけなのに――。

――私のせいで、私が、うまくできなかったせいで……！

震《ふる》えながら、すっかり冷えきった自らの手を握《にぎ》りしめる。膝《ひざ》から崩《くず》れ落《お》ちそうになるアイリの耳に、壁《かべ》の向こうから、銀狼《ぎんろう》王の張りのある声が聞こえてきた。

「ときに、グレル侯《こう》。余には不可解な点があるのだが」

「はい。なんなりとおたずねください。なんでしたら、うちの侍従《じじゅう》と下男を呼び寄せ、ここで証言させても」

「『アイラ・ベルンシュタイン』とは、何者だ」

「は……それは、ベルンシュタイン姉妹の姉であると申し上げたはずですが」

「クリスティーナの姉は、『アイリ』だが？」

しん、と謁見《えっけん》の間が静寂《せいじゃく》に満たされる。

何を言われたのかわからない、と言いたげなグレル侯爵がおずおずと口を開いた。

「おそれながら……それが、何か？」

「わからんのか。貴殿《きでん》は、不正確であやふやな情報をあたかも真実だとして、余の婚約者を糾弾《きゅうだん》したのだ。到底《とうてい》、許しがたい」

「……？　いえ、ですから、陛下が勘違《かんちが》いをしておいでだと、申し上げているのです。アイラは陛下の婚約者ではなく、真っ赤なニセモノなのですよ」

ギルハルトは目に見えて不機嫌《ふきげん》な表情になり、玉座の肘《ひじ》置きを指先でコツコツと叩《たた》く。

「アイリだと言っているだろう。名すら正確に調べもせずに、余の前に得意げな顔をしてよくもそのようなでまかせを言えたものだな」

「いや、陛下っ、娘の名など二の次でありましょう⁉　でまかせを言っているのは、ベルンシュタイン伯で、彼奴《あやつ》は王家の婚姻《こんいん》を侮辱したのです！」

「くだらぬ告げ口をしてきたかと思えば、あまつさえ自分の利を得ようという貴殿のほうがよほど侮辱しているのではあるまいか」

「……っ、愚弄《ぐろう》なさいますか⁉　わたくしめは、陛下のためを思ってこうして」

「余のため？　みくびられたものだ。このギルハルト・ヴェーアヴォルフを、我欲《がよく》のために動くものと、そうでない者の区別さえつかぬ愚王扱《ぐおうあつか》いするとは」

「先王よりお仕えしているわたくしをそのようにおっしゃるとは、タダで済むとお思いか⁉」

ふん、と顎《あご》を持ち上げたギルハルトは、傲岸《ごうがん》に言い放った。

「クリスティーナ・ベルンシュタインを婚約者にと署名したのは先王だ。余ではない」

侯爵が悲鳴のように抗議《こうぎ》の声を上げる。

「な、なんとっ！　先王陛下の決定を、蔑《ないがし》ろになさいますか⁉」

「なるほど。先王に仕えた貴殿は、今まさに玉座につく余を蔑ろにすると申すか」

「…………！」

「さがれ。不愉快《ふゆかい》だ」

王は冷たく言い捨てた。取り付く島もないその態度に、何かを言い返そうと唇《くちびる》をわななかせた侯爵は、しかし、暇《いとま》を告げると逃《に》げるようにその場を辞すのであった。


「レディ、レディ？　お気は確かですか」

真っ青になって放心していたアイリは、サイラスの声かけにハッと我に返った。

壁の向こうでは、グレル侯爵の去っていくのを見送ったギルハルトがやれやれ、とばかりに玉座のひじかけに頰杖《ほおづえ》をつく。虚空《こくう》に向かって言った。

「待っていろ、と言ったはずだが」

視線だけを壁越しに隠《かく》し部屋《べや》に向けてくる。びくっ、と身を震わせるアイリに代わって、サイラスが謁見の間に向かって返した。

「私がレディを強引《ごういん》にお連れしたのです」

小さくため息をこぼし、ギルハルトは命じる。

「こっちにこい」

サイラスに促《うなが》され謁見の間に入ったアイリは、玉座の前で小さくなった。

「……陛下。あの、私、申し訳、ありません」

頬杖をついた格好のまま、アイリに視線を向ける王は何も答えない。彼は先ほど、どういうわけか伯爵家をかばうようなふるまいを見せた。

しかし、グレル侯爵の糾弾は正しいのだ。ベルンシュタイン伯爵家は、この若き王をたばかった。王の信頼《しんらい》を最悪の形で裏切ったのだ。

アイリは意を決し、首を斬《き》られる覚悟《かくご》で口を開く。

「おそれながら、陛下。私が、妹の身代わりで——クリスティーナの姉であると……ご存じ、だったんですね？」

「いや。たった今知った」

がたがた震えながらした質問は、呆気《あっけ》にとられるほど軽い口調で返された。

アイリは「へ？」と目を丸くする。

「話に聞いていた『クリスティーナ』とは違うだろうとは、まあ思っていたがな。あまりにグレル侯の物言いに腹が立ったから、適当にハッタリをかましてやったんだ」

「はったり……」

どちらにしろ、露見は時間の問題であったことに変わりない。

「おまえはアイリ・ベルンシュタインで相違《そうい》ないな」

「は、はい。のっぴきならない事情で妹の都合がつかず、私が代理として——この度《たび》はっ、我がベルンシュタインの不始末から、ご迷惑《めいわく》をおかけしましたことを」

「そんなことはどうでもいい」

アイリの詫《わ》び口上をすっぱりと遮《さえぎ》って、ギルハルトは言った。

「もっとこっちへこい、アイリ」

とても逆らえる雰囲気《ふんいき》ではない。命じられるまま近づけば——。

「もっとだ」

苛立《いらだ》ったような声に、断頭台に立たされる気分で階《きざはし》を上り、玉座のすぐ脇《わき》まで、萎《な》えそうになる足を励《はげ》まし近づいた。

手を伸《の》ばせば触《ふ》れられるほどの距離《きょり》で玉座の銀狼王がねめつけてくる。視線は挑戦《ちょうせん》的な鋭《するど》さを孕《はら》んでいた。

彼は何も言わない。そのまなざしと沈黙《ちんもく》がいたたまれなくて、再び疑問を投げかけた。

「あ、の、陛下は、私がニセモノの婚約者だと疑っていらしたのに、どうして問いただすこともなさらず、儀式《ぎしき》を続行なさっ——きゃあああああっ⁉」

次の瞬間《しゅんかん》、アイリは仰天《ぎょうてん》し、あられもない悲鳴をあげていた。予告なく逞《たくま》しい王の腕《うで》にがっちりと腰《こし》を捕《つか》まえられたのだ。

そのまま反転させられたかと思うと、あろうことか玉座に座らされる格好になる。王だけが着くことの許された座である。真っ青になりながら下りようともがくアイリだが、背もたれに手をついたギルハルトの両腕はびくともしてくれない。

「は、放してっ、くださ、い」

「放さない」

「こ、ここは、陛下だけに許された座で――」

「ああ、王である俺が許す。何か問題あるか」

おおありです！　と反論したいアイリに、しかし、覆《おお》いかぶさるようにギルハルトの膝が座面に乗り上げてきて「ひっ」と息をのんだ。

「なあ、アイリよ。もしも、『おまえはニセモノだな？』と俺が糾弾していれば？　おまえはどうしていた？　逃げていただろう、この俺から」

今まさにギルハルトから逃《のが》れようと試みるが、玉座と、彼自身の体がまるで堅牢《けんろう》な檻《おり》のようにアイリを逃がしてくれない。

「満月の晩の俺から逃げなかった女を、つまらん理由で逃がすつもりはないんだよ」

「つ、つ、つまらない理由、だなんて……！」

「他人から決められたことなぞ、おおむねつまらんことだ。そうは思わんか？」

王の指がアイリのおとがいに触れて、愛《め》でるようにそれをそっと持ち上げる。

「しかし、おまえを妃《きさき》にするのは、つまらなくはない。そう思ったから、俺は、俺の妃をおまえにすると決めた。アイリは、俺が選び、俺の望んだ、俺の妃というわけだ」

ギルハルトは、なぜだか得意げな調子で言っているが。

「？？？？？？？」

アイリは、異世界の言葉で語りかけられている心地《ここち》だった。

叔父《おじ》からは常々、『なんとも地味で見栄《みば》えのしない娘だ』と言われてきた。

妹の付き添《つそ》いとして、貴族の社交界の様子を外側から見てきたけど、笑いさざめく彼らは華々《はなばな》しく、彼らから見ても、自分ほど地味でつまらない存在はないだろう。

ところが、ギルハルトは『つまらなくはない』と言っている。物心ついてからというもの、そんなことをアイリに対して言った者は、ただのひとりとしていなかった。

——どういうこと？　陛下は、何か勘違いをなさっているのかしら……？

アイリの顎に触れていたギルハルトの指はやがて頬《ほお》に触れ、涼《すず》やかなはずの彼のまなざしは熱っぽく、何もかもがアイリを混乱させる材料となっている今、ベルンシュタイン伯爵家がピンチに陥《おちい》っていることには変わりがない。

この苦境を脱《だっ》するすべは、アイリ当人が考える他ないのは動かしようのない事実だ。必死に頭を働かせる。混乱している場合ではない。

――ここは一度冷静になって、陛下の立場になって考えてみよう。

こんなにも強硬《きょうこう》に『身代《アイリ》わりを妃にする』と言い張るのは、まさか――。

――当てこすりってこと……⁉

王侯《おうこう》貴族というものは、すべからく体面を重んじるものだ。

普通《ふつう》の貴族男性であれば、十年も前から決まっていた婚約者に逃げられたとなれば、大変に矜持《きょうじ》を傷つけられたはずだ。真理に至ったアイリは――実際には真理などではなく、そう思い込んでいるだけなのだが――頭をガツンと殴《なぐ》られるような衝撃《しょうげき》を受けていた。

これまで、伯爵家の存続にばかり意識を向けていた。なんということだろう！　ベルンシュタインは、この若く美しい国王陛下に大恥《おおはじ》をかかせてしまったのだ！

となれば、意趣返《いしゅがえ》しのひとつもしたくなるのは当然で。

「陛下……」

「ん？」

腕の中に捕《とら》えた身代わり婚約者に対し、甘い声で応じたギルハルトは、次の瞬間ぎょっとする。俯《うつむ》いていた顔をこちらに向けたアイリが、藍色《あいいろ》の瞳からぼろりと大粒《おおつぶ》の涙《なみだ》をこぼしていたからだ。

「どうした、どうして泣くのだ⁉」

「大きなお気持ちで、グレル侯の糾弾から伯爵家をかばってくださったこと、深く感謝いたします。その広いお心で、どうか、どうか、クリスティーナをお許しください」

「は……？」

「妹は確かに、少しばかり奔放《ほんぽう》なところがあります。今はまだ幼く、向こう見ずなふるまいもあるでしょう。ですが、裏を返せば、あの子には行動力があるということです」

目を点にするギルハルトは口を挟《はさ》もうとするが、アイリは彼の手を取って畳《たた》みかけるように懇願《こんがん》する。

「王妃《おうひ》としての自覚を持てば、きっと落ち着くでしょう。どうか、ご慈悲《じひ》を！」

「……おい」

「クリスティーナには、私からもよくよく言って聞かせます。ですから」

「おい、と言っているんだ」

「妹を見捨てないでやってください」

「アイリ！」

大声で自分の名を呼ばれた彼女は、ようやく我に返った。

「なあ、アイリ。おまえ、グレル侯と俺のやりとりを聞いていたんだよな？　俺はおまえを妃にすると言ったはずだが」

確認《かくにん》を取られ、もちろんです、とうなずいた。

「陛下はご慈悲で、私をかばってくださったんですよね」

そして、真の婚約者《クリスティーナ》に逃げられたことはおもしろくない。

――ええ、わかります。わかりますとも……！

瞳に涙を溜《た》めたまま、アイリはうんうん、とうなずいてみせた。

「クリスティーナは、陛下を誤解しているのです。あなた様の慈悲深さとすばらしさを知ったら、必ず気持ちが変わります」

力説するも、ギルハルトの表情はどんどん不機嫌になるばかりだった。

「要するに……アイリは、この俺が気に入らん、ということなのか」

「きにいらん？」

遠い異国の言葉でも聞いたように、オウム返しすれば、ギルハルトはため息をついて言い換《か》える。

「俺が、おまえの夫に足る男ではないと、そう考えているのか？　と訊《き》いているんだ」

「ま、まさか！　恐れ多いことです。私、そういうことを申し上げてるのではなくて」

アイリはぽっと頬を朱《しゅ》に染めながらも、正直に言った。

「陛下と過ごす時間は、楽しかったです。毎日、お会いできるだけでも夢のようなのに、あんなにも親切にしてくださって」

身代わりだとバレた今、もう自分は家に帰されるだけだとわかっているからこそ口に出せる本心だった。

「たとえ戯《たわむ》れであっても『選んだ』と言っていただけて嬉《うれ》しかったです。一生の、いい思い出ができました！」

晴れやかな笑顔《えがお》で言われたギルハルトは、ぴしりと頬を引きつらせた。

「思い出、だと……？」

ショックのあまり腰が砕《くだ》け、玉座に乗り上げていた自分の膝がずり落ちるのに気づかない王に対して、アイリはなんの含《ふく》みもなければ曇《くも》りもなくうなずいてみせる。

「はい！　ご一緒《いっしょ》できて、とっても楽しかったです！」

すでに過去の出来事にされてしまったギルハルトは、両腕の間に捕えていたアイリに逃げられたことに気づかないほど放心している。

傍《そば》に控《ひか》えていたサイラスが耐《た》えきれない、とばかりに、ぶふっと盛大《せいだい》に吹《ふ》き出した。

その笑い声に、ようやく我に返ったギルハルトは薄情《はくじょう》なメガネを呪《のろ》い殺しそうな勢いで睨《にら》みつけてから、凶悪《きょうあく》な笑《え》みを口元に浮《う》かべる。

「ふん？　そんなふうにかたくなに逃げまわられると、追い回して噛《か》みついてやりたくなるではないか……なんなら、今ここでおまえの喉《のど》にかじりついてやろうか」

まるで恐怖《きょうふ》の大魔王《だいまおう》のようにおどろおどろしくすごめば、アイリは震えあがりながらも淑女《しゅくじょ》としての礼をとると、「お菓子《かし》の片づけをしてまいりますっ」と逃げるように謁見の間から退散するのだった。

＊☾＊＊

アイリのいなくなった謁見の間で、先ほどまで彼女を捕えていた玉座の上にのろのろと腰を下ろしたギルハルトは、気が抜《ぬ》けたように肘置きにだらしなく寄りかかっていた。

――おもいで？　思い出、だと？

彼女の中で自分はすでに過去の出来事で、〝ナカッタコト〟に分類されている……？

「要するに……俺はソデにされた、ということなのか……？」

茫然《ぼうぜん》としたまま口をついて出た事実に、ひどく落胆《らくたん》している自分に驚《おどろ》く。

それだけに、アイリ・ベルンシュタインの存在にいかに浮かれていたか、気がついてしまった。すでに手の内に入ったものだと思い込んで、彼女と過ごすこれからの日々を勝手に夢想までしていたのだ。これでは、まるで――。

「俺が、間抜《まぬ》けなカンチガイ野郎《やろう》のようではないか……!?　っ、……おいやめろ、そんな目で見るなっ」

ほとんど八つ当たりじみて、サイラスをねめつける。

並みの人間であれば、銀狼王のひと睨みで口も利《き》けなくなるほど震撼《しんかん》するところだが、この半年の間、主人の凶暴《きょうぼう》さを目の当《ま》たり《あ》にしてきた近侍長《きんじちょう》は涼しい顔だ。

「アイリ嬢《じょう》を正式に王妃にお迎《むか》えするつもりですか」

「問題あるか」

「ありません。むしろ大歓迎《だいかんげい》です」

本心だろう、とギルハルトは思う。

ギルハルトの凶暴性に慣れるほどサイラスは常に傍で仕えていた。宮廷《きゅうてい》内で最も、獣《けもの》のごとき主君の暴挙に耐えたのはサイラスであり、誰よりも熱心にギルハルトを〝人間〟に戻《もど》すための方策を探《さぐ》り、腐心《ふしん》したのもまたサイラスなのだ。

「女性に振り回されるあなたを見るのは初めてなものですから、実に新鮮《しんせん》です。よりによって、あんなにも人畜《じんちく》無害の扱いやすそうなご令嬢《れいじょう》に」

ぶふーっ、とこらえきれない笑いが漏《も》れる。滅多《めった》なことでは笑わないこの男は、アイリが来てからというもの笑いが絶えない。含み笑いや失笑《しっしょう》など、実に腹の立つ笑いざまは、表情がまったく動いていないので慣れぬ者が見たら軽くホラーだ。

この男の無表情にすっかり慣れているギルハルトはといえば。

――首を絞《し》めてやろうか……。

本気で思いかけて、不毛だと思い直す。

学生時代からの友人であり、その頃から変人なこの男の言い分は業腹《ごうはら》であるが、いつだって的を射てはいる。

アイリ・ベルンシュタインという女は、一見、人畜無害で扱いやすそうだというのに、摑《つか》もうとすればするりと手の内から逃れるウナギのよう。かと思えば、ロバのように強《ごう》情《じょう》なところもあり――。

不可解だ、とギルハルトはこめかみを押さえてぼやいた。

「女というのは、ドレスや宝石を与えれば、浮かれ喜ぶ生き物ではなかったか？」

自分を飾《かざ》り立てるのが何より好きで、他の女よりも見栄えする装《よそお》いができれば鼻高々で、新しい絹の手袋《てぶくろ》一つ買うのにまる一日を平気でかけるヘンテコな生き物ではなかったか？

ところが、アイリはそれらの褒美《ほうび》を欲《ほ》しがらない。

「王妃にしてやると言えば、もろ手を挙げて喜ぶものではなかったのか？」

――地位を与えると喜ぶのは、女に限った話ではないがな……。

権謀術数《けんぼうじゅっすう》の渦巻《うずま》く宮廷内で利権を奪《うば》い合《あ》うキツネどもを相手にしているギルハルトは、腹芸を見抜くのを得手とする。その彼をして、アイリの『いい思い出ができた』という笑顔に裏は感じられなかった。

すがすがしいほどに、あれは本心だ。

――嫌悪《けんお》されている、というわけでもないだろう。……たぶん。

まったく、さっぱり、アイリ・ベルンシュタインという女がわからない。

頭を抱《かか》えるギルハルトに対して、サイラスは言った。

「世にはいろんな人間がいますよ、ご存じでしょう？」

「女のことは知らん」

「アイリ嬢からすれば、あなただって相当に変わった男でしょうよ」

王に『普通』を求める者がどこにいる、と反論しようとしてやはり不毛だとやめた。

「アイリには……心を寄せる男でもいるのだろうか」

宮廷で弱点など決して見せないよう心がけるギルハルトが、めずらしく弱気を隠せずにいることに、サイラスはおや、とばかりに眉《まゆ》を持ち上げた。

「婚約の儀《ぎ》を行うにあたって、事前調査を念入りに行っています。妹君はともかく、アイリ嬢に男の気配は見当たりませんでしたがね」

忙《いそが》しすぎてそれどころではなかったでしょう、と淡々《たんたん》として報告する。この近侍から、ベルンシュタイン伯爵家の窮状《きゅうじょう》についてはおおむね把握《はあく》していた。

「グレル侯による、ベルンシュタイン伯への評価はおおむね正しいですよ」

ベルンシュタイン伯爵家は、先代――アイリの父親が身罷《みまか》ってからというもの、あとを継《つ》いだ弟、つまりアイリの叔父がポンコツなおかげで凋落《ちょうらく》の一途《いっと》をたどっている。

領主が怠惰《たいだ》なのをいいことに、領地の管理を任せている管理人は、けっこうな額の土地代をかすめとっているらしい。

「ベルンシュタイン伯は、管理人の背任に気づいてすらいないようです。ろくに帳簿《ちょうぼ》をつけていないせいでしょうね」

足元をおろそかにしながら、ベルンシュタイン伯爵夫妻は実の娘を王妃に担《かつ》ぎ上《あ》げることに固執《こしつ》しているのだ。それさえ叶《かな》えば、経済的な問題も解決し、自分たちの名誉《めいよ》は回復すると信じきっている。

「妹のクリスティーナは、去年の社交界デビューからこっち、老若《ろうにゃく》問わずにさまざまな貴族男性と親交があるようです」

未婚《みこん》の貴族令嬢は、貞淑《ていしゅく》を重んじるのが一般《いっぱん》的であるはずだが。

「陛下、クリスティーナ嬢が社交界デビューをした夜会での謁見すら、覚えておいでじゃないでしょう？　婚約者だというのに、すぐに辞してしまわれて」

王城で行われる貴族令嬢の社交界デビューでは、王に拝謁《はいえつ》するのが通例だ。

覚えていないギルハルトは眉間《みけん》にしわを寄せる。

何しろ、勝手に決められた婚約であったし、一年前と言えば、ギルハルトが戴冠《たいかん》してから猛烈《もうれつ》に忙しかった時期である。

「陛下がすげない上に、顔合わせの茶会すら開こうとなさらないものだから、クリスティーナ嬢は痺《しび》れを切らせて自分から『王の婚約者でございます』と社交界に突《つ》っ込んでいたようですね。せっつきと、あてつけの意味もあったのでしょう」

サイラスは、感心したような口調で続ける。

「なかなかに図太……いえ、失礼。逞しい妹君のようです。クリスティーナ嬢としては、貴族子弟《してい》の『王妃になる女性と懇意《こんい》にしておけば宮廷にぐんと近づける』という打算を承知していたようですよ。純粋《じゅんすい》にちやほやされるのが好きなのでしょう」

「……ほう」

「男性からのウケのよさとは反対に、令嬢方からはかなり反感を買っていたようですね。特に、月の聖女が妃に収まるのに反対する貴族の令嬢とは大変険悪だったとか」

その様子はある意味、社交界の名物だったとのことで。

「そんな周囲の反応はどこ吹く風で王妃になる気満々のようでしたが、どうやら王宮に近い者が最近のあなたの横暴を耳に入れたらしいのです」

怖じ気づいて身を隠したというわけか。

「いかがです。アイリ嬢のおすすめ通りに、クリスティーナ嬢ともお会いになってみますか？　私の配下が総力をあげれば、すぐにでも見つかるでしょう」

ギルハルトは、自分の婚姻についての進行を丸投げしていたのを棚上《たなあ》げし、皮肉っぽく口《くち》の端《は》を釣《つ》り上げた。

「嫌《いや》がらせで言っているなら、その口を縫《ぬ》い付けてやるが」

「純粋な親切心です」

嘘をつけ、とギルハルトは鼻を鳴らした。

そこかしこに密偵《みってい》を潜《ひそ》ませているサイラスが、王都や王宮で起こるおおむねのことを把握しているというのはおおげさではない。『総力をあげて』本来の婚約者を捜《さが》せば、それこそ明日にでもこの場に連れてくるだろう。

それをしないのは、つまり、あの身代わり婚約者を気に入っているということだ。

「俺はアイリに好かれたいだけだ」

「好かれるヒントを差し上げたいのはやまやまですがね。アイリ嬢についての報告は、まるで妹の侍女《じじょ》のように静かに茶会に付き添う姿が目撃《もくげき》されていたくらいです」

サイラスは、妹の情報は好みの茶に至るまで調べれば調べただけわかるけれど、アイリ・ベルンシュタインの個人的な情報はほとんどわからないという。

「あとは、使用人の足りていない実家で弟妹《ていまい》や伯爵夫人、そして飼い犬の世話を忙しくしていた、くらいですか。面倒見《めんどうみ》がいいのでしょう。今のアイリ嬢にとっては、面倒を見る相手が一時的に増えただけ、といったところですね」

サイラスは意味ありげな視線でギルハルトを見つめる。

「……この俺が、犬や子どもと同列に見られていると言いたいのか」

「ご冗談《じょうだん》を。彼女はオオカミ耳を見たところで、笑わなかったでしょう」

「……おまえは初めてアレを見たとき、大笑いしやがった」

「さすがに笑うしかありませんよ。仕えるべき主人にふかふかの獣耳が生えていたら」

アイリはギルハルトのオオカミ耳を見ても、笑わなかった。畏怖《いふ》こそ見せたが侮蔑《ぶべつ》なども感じさせなかった。さらには、血の滾《たぎ》りを抑《おさ》えるのに苦しむギルハルトに対して慈愛《じあい》さえ向けてきたのだ。

少なからず好意を持たれていたからこそ、と判断して何が悪い。というか――。

「俺は……、カンチガイ野郎などではない！」

「はい？」

「アイリの作った菓子はうまかった。あんなに菓子がうまいと感じたのは、初めてだったんだぞ⁉ 俺の体調を気遣《きづか》い、配慮《はいりょ》して作ったとまで言っていた。菓子に疲労《ひろう》回復の効果を持たせようと考えるなど、あまつさえそれを作ってみせる貴族の女など、俺は見たことも聞いたこともない！ そもそも気のない男相手に、そんなことするはずが――なんだ、その顔は。信じていないのか」

「いえ……ぷふっ、そういう、ことでは、くっ」

「おい、なんで笑いをこらえてやがるんだっ。おまえにも食わせてやればよかったな。あんなにうまかったということは、アイリがこの俺の舌を悦《よろこ》ばせたくて、特別に愛情をこめて作ったからに違いないんだ！」

「おそれながら、陛下。アイリ嬢は、この後、私や他の者にも菓子を配りたいと」

「は……な、なんだと？　アイリの菓子は、俺だけのものではないのかっ⁉」

「当たり前でしょう。私どもの集めた情報から考えるに、妹君が貴族同士の茶会に持参していた菓子は、アイリ嬢が作っていたもので間違いなさそうですしね。貴族間では『美味』と評判だったそうで」

けんもほろろの報告に、ギルハルトはぐぬぬ、と歯ぎしりする。

「ならば、ブラッシングはどうだ⁉　あれは特別だったはずだ。アイリはな、俺の髪《かみ》に愛情深く触れたのだ。この髪を梳《と》かれたとき、気持ちがよくて、俺は夢見心地《ゆめみごこち》だったのだぞ！　あの絶妙《ぜつみょう》な加減は、愛がなければできないはずだ」

「ブラッシングは、飼い犬への日課だったようです」

「日課？　……犬っころが、毎日アレをされていたというのか⁉」

「はい。ちなみに、犬種はコーギー。所領の牧場で生まれたばかりの牧羊犬の仔犬《こいぬ》を弟君が欲しいと泣きわめいて飼うことになったとか。三日で飽《あ》きた弟君の代わりに、アイリ嬢が世話を押し付けられたそうです」

無表情メガネは、いちいちどうでもいい情報とともに冷や水をぶっかけてくる。

「……じゃあ、なんだ？　アイリにとって俺は、妹に押し付けられた婚約者で、弟に押し付けられた犬と同等で……アイリにとって、その程度の男だと言いたいのか……？」

「ですから、申し上げていませんよ。なんなんです、今日のあなたは、あなたらしくもなく卑屈《ひくつ》を曝《さら》け出しますね。本当は、アイリ嬢から犬扱いされたいんですか？」

されてもいい、と思ってしまったなんて死んでも明かさない。一生おもしろネタにしておちょくられるのが目に見えている。

犬はともかくとして、彼女の行いを思い返すほどに実感が輪郭《りんかく》を濃《こ》くしていく。

――つくづく、奇妙《きみょう》な女だ……。

まず、身代わりとして王宮に上がっておいて、アイリはつまらない嘘をつかないのだ。

そして卑屈なほどに謙遜《けんそん》するも、こちらを感心させるほどの教養を垣間《かいま》見せることがある。知性は、王妃に必要な素養だろう。

何より、ギルハルトは普通の人間ではない。そんな男の妃になる女に一番求めたいものは、ここぞというときの胆力《たんりょく》だ。だからこそアイリを気に入っているし、彼女の他に、自分の妃にする女はいないとすら考えている。

控えめな態度に見えて、その実、アイリの肝《きも》の据《す》わり方は尋常《じんじょう》ではないのだ。

満月の夜には屈強《くっきょう》な騎士《きし》ですら畏《おそ》れる獣性《じゅうせい》が露《あら》わになる姿を前にして、逃げ出さなかったばかりか、手を差し伸べてくるとは。

ギルハルトは、今はオオカミ耳の生えていない頭に触れた。

「『かわいい』、なぁ……」

彼女は、よすぎるほどに面倒見がいいとのことだ。自分が特別扱いされていたわけではないと認めるのは業腹だが、実際にその通りなのだろう。

アイリがギルハルトから逃げなかったのは、主従の忠義でもなければ、益のためでもなく、見栄《みえ》や矜持のためでもなかった。その面倒見のよさゆえであれば、呆《あき》れたお人よしというべきか、度を越《こ》えた慈悲の持ち主というべきか。

――つまりは俺ではない、別の男に愛を乞《こ》われればすぐにでもその男の手を取っても不思議はない、ということだろう？

その光景を想像してみれば、腸《はらわた》が煮《に》えくり返るほどに腹立たしい。

――俺のためだけに、菓子を作ればいい。

――俺のためだけに、あの愛情深い手が触れればいい。

独占欲《どくせんよく》が胸を支配しそうになるが、愛情を求める相手の心を力でねじ伏《ふ》せ思い通りにしたがる行為《こうい》がどれほどの愚行《ぐこう》であるか、ギルハルトは身をもって知っている。

だからこそ、別の男に渡《わた》してなるものか、アイリを手離してなるものか、と意気込む反面、無理《むり》強《じ》いはしたくない、とも強く思う。

『女なんてどれも同じだ』と嘯《うそぶ》いてみせたのは、選択肢《せんたくし》なんて与えられていないと思っていたからなのだ。ベルンシュタイン伯爵家にとって、妹の失踪《しっそう》は予期せぬトラブルだったろうが、ギルハルトにとってはまたとないチャンスの訪《おとず》れとなった。

「俺は、生まれて初めて、人生の選択肢を与えられているのだ」

ところがアイリのほうは、ギルハルトを選択肢にすら入れていない。

「どうにかして、アイリ自身の意志で俺を選ばせたいところだが……さて難問だな」

これまでギルハルトは自動的に相手から望まれてきたし、欲しいものがあれば手に入った。王権で大抵《たいてい》の物事は、なんとでもできていたのだ。

ところが、アイリ・ベルンシュタインという女はそれが通用しない相手だと、この数日で理解した。何しろ、『奇妙な女』である。

めずらしくぐずぐずと思《おも》い悩《なや》む主人の姿に呆れたサイラスが進言した。

「陛下。アイリ嬢を知りたければ、回りくどく我々の諜報《ちょうほう》などあてになさる必要がどこにあります？　ご本人が王宮に留《とど》まっておいでなんですから、直接、うかがえばいいでしょう」

目からうろこが落ちるとはこのことである。なんでそんな簡単な方法に思い至らなかったか？　これまで女について特別に知りたいとも、興味が湧《わ》いたこともないからだ。

それなのに、アイリにはどうあっても好かれたい。ギルハルトに対して何ひとつ求めようとしない、あの女をそばに留める方法は？　それが知りたくてたまらない。

そう考えると居てもたってもいられず、ギルハルトは玉座から立ち上がる。

サイラスに命じた。

「ただちに次の『儀式』を実行する！」


身代わりの露見したアイリは、厨房《ちゅうぼう》で静かに菓子作りの後片付けをしていた。そこへ、慌《あわ》てた様子でエーファがやってくる。

「まあまあ、いけませんわ！　そのような雑事、未来の王妃様のお仕事ではありませんのよっ、わたくしどもでいたしますから！」

「いいんですよ。片づけまでがお菓子作りですから」

何より、アイリは未来の王妃ではない。もはや身代わり婚約者ですらないのだ。

本当の名を明かして謝ろうかと思ったが、アイリがしなくともすぐに伝わるだろう。

それでも、実家に帰される前にしておきたいことがあった。

「エーファさん、これまで本当にお世話になりました」

「あらあら、どうなさいましたの、聖女様。そんなに改まって」

首を傾《かし》げるエーファに、アイリは大きな皿に食べやすくカットして盛り付けたリンゴの焼き菓子を差し出した。

「これ、よろしかったら、私がお世話になった皆《みな》さんと一緒に召《め》し上がってください」

「え？　ですが、これは、陛下のために作られたものでは」

「陛下のお菓子とは別に作りました。あ、心配しないでくださいね。材料を使うのは、サイラスさんに許可をいただいてますし、もしも怒《おこ》られたら私がやったと言ってもらえれば」

「いえ、そういうことではなくて」

「この王宮に来てから、エーファさんはずっと私の面倒を見てくださって、励ましてくださいました。私、何度もエーファさんの笑顔に勇気づけられたんです。だから」

一般的に、高貴な身分の者は自分に仕える者に対して、いちいち感謝を伝えたりしないものだ。しかし、アイリは一般的な令嬢ではない上に、嘘をついて王宮に上がった身である。それが申し訳ないと思っていたし、宮仕えのエーファとは二度とこんなふうに親しく言葉を交《か》わす機会もないだろう。

「だから、せめて私にできるお礼がしたくて」

瞳をぱちぱちと瞬《しばたた》かせていたエーファは、やがて両手で顔を覆った。

「え……もしかしてエーファさん、アプフェルクーヘンお嫌《きら》いでしたか⁉」

「ち、違いますのよ、わたくし……クリスティーナ様に感謝される資格なんて――」

指の間から覗《のぞ》くエーファの瞳には、涙が光っていた。

「懺悔《ざんげ》しますわ……わたくし、あの無表情メガネに『婚約者様を逃がさぬように』と厳命されていましたの。陛下が、元の冷静で聡明《そうめい》な主君に戻るためには、聖女様が絶対に必要なんだって。わたくしも陛下が元に戻るためならば、どんなことでもしなければと思っていました。けれど、いたいけなお嬢さんを、あんなにも凶悪で凶暴な状態の殿方《とのがた》の寝所《しんじょ》に放り込むような非道をしてしまって……」

胸の内に溜《た》まっていたものを吐《は》き出すように、エーファはさらに泣く。

「ですから、お礼なんてしていただくような資格、わたくしにはありませんのよっ」

「エーファさん、落ち着いてください！　でしたら、私も懺悔しなければなりません。私、じ、実は……クリスティーナではないんです！　本当は、義理の姉のアイリ・ベルンシュタインなんです。妹の身代わりだったんです。嘘をついていて、ごめんなさい」

一大決心の告白に、しかし。

「まあま、そうですのー？」

エーファはのんびりとして言った。たいして驚いてはいないようだ。

「だって、お召しになっていたあのフリフリドレス、お体に合ってませんでしたもの」

だから正直なところ、違和感《いわかん》を覚えていたとエーファは言う。噂に聞く『社交界を飛び回る派手好きなクリスティーナ』とはふるまいが違っているのも奇妙に思っていた、と。

「では、これからはわたくし、『クリスティーナ様』ではなくて、『アイリ様』にお仕えすればよろしいのですね」

「へ……？　い、いえ、ですから、私は身代わりでして」

「関係ありませんわぁ。あなた様は、わたくしたちの陛下を取り戻してくださった」

そして、彼女はにこにこ笑顔でリンゴの焼き菓子をアイリの手から受け取った。

「あなた様がわたくしどもに心を配ってくださったように、わたくしも、心からあなた様にお仕えしますわ！　改めて、よろしくお願いいたしますね」

その時である。アイリは急遽《きゅうきょ》呼び出しを受けたかと思うと、どたばたと身支度《みじたく》を整えるようにとせっつかれた。何が何だかわからないまま、王都最新の流行だという衣装《いしょう》に着替《きが》えさせられ、エーファの指揮によってヘアメイクを施《ほどこ》される。

着付けに手伝いが不要なくらいラクに着られる可憐《かれん》なドレスは見た目に反して、驚くほど動きやすい。ふんわりとしたスカートは重たくなくて軽《かろ》やかに歩けそうだ。

繊細《せんさい》な花の刺繍《ししゅう》の施された丈《たけ》の短い上着。かわいいデザインのブーツは履《は》き心地《ごこち》がよく、大胆《だいたん》な布花のアクセントの効いたボンネットは、子どもっぽくもなければ不思議と華《か》美《び》には見えず、装いをエレガントに彩《いろど》っている。

「素敵ですわぁ。まあ、当然ですわね。わたくしいっそう、腕によりをかけましたもの！」

はりきるエーファであるが、アイリは装いに感動する余裕《よゆう》も与えられない。

あれよあれよと連れてこられた先は、色とりどりの花咲《さ》き乱《みだ》れる王宮庭園で——。

「おそれながら、陛下……？　これは、いったいなんのお呼びたてでしょう」

アイリの疑問に、先に庭園に到着《とうちゃく》していた銀狼王はきょとりとして答えをくれた。

「『儀式』の続き以外に何がある」

「……私は身代わり婚約者だと、陛下はおわかりになったのです、よね？」

実のところアイリは、大勢の耳目《じもく》に触れるであろう儀式の前に身代わりがバレ、お役御《ご》免《めん》になることをありがたいとすら思っていた。

それを置いても、ギルハルトは多忙《たぼう》だから儀式は一日にひとつずつ、という旨《むね》を聞いていたというのに、なぜだが、本日二回目の儀式ときたものだ。

アイリに向けて、ギルハルトが手を差し出してきた。

頭の上に「？」を大量に飛ばしていると、強引にぐいと手を引かれる。

ギルハルトの掌《てのひら》は大きく分厚く、硬《かた》い。剣《けん》を振《ふ》るう男の手をしていた。その逞しさに気を取られてぼんやりしていると。

「アイリ、おい、アイリ、どうした」

「…………」

「なぜ、歩かない？　『散歩』ができんだろうが」

「……………………」

「そうか。歩きたくなければ、抱《だ》き上げて運んでやるしかないな」

「っ、歩きます！」

「残念だ」

ギルハルトは苦笑《くしょう》すると、アイリと手を繋《つな》いだままで歩き出す。

何もかもがわからないアイリの頭は、逆に冷静を取り戻しつつあった。

そういえば、と、思い出す。儀式の一覧が並んだ巻物には、この『お散歩』は手を繋いで歩かなければならないと記していた。

「あの、陛下？　私が身代わりと、ご存じ、ですよね……？」

愚問《ぐもん》と承知しながら繰《く》り返した問いに対し、ギルハルトは肩《かた》をすくめて問い返してくる。

「おまえこそ、聞いていなかったのか？　おまえは、俺が決めた俺の妃だと」

もちろん、聞いていた。聞いてはいたが。

——それは単なる当てこすりでは？

「ふん？　では聞くが。本来の婚約者だというおまえの妹は、どこにいるというのだ？」

「……！」

「クリスティーナ・ベルンシュタインがいない現状で、儀式を中断してみろ。ベルンシュタイン伯爵家から王妃が輩出《はいしゅつ》されることは今後二度とはないだろう。おまえは、それでもかまわんのか？」

この世の終わりのように青ざめるアイリの手を口元に引き寄せると、ギルハルトはその甲《こう》に詫びをするように口づける。

「悪かった、脅《おど》すようなことを言ってしまった。どうか、そんな顔をしないでくれ。今、おまえがいなくなれば、俺はまた人狼《じんろう》の血に振り回される日々に逆戻りなんだ。助けると思って、このまま王宮に留まってほしい」

「でしたら……もう少し、ひとけのないところを歩いていただけると、ありがたく……身代わりの私とこうして目立ってしまっては、妹が宮廷に上がりにくくなると思うのです。そうなっては、かわいそうですから」

妹の人並み外れた神経の図太さがちらりと脳裏《のうり》をかすめはするが、それを振り払《はら》ってアイリは訴える。六つ目の『儀式』の舞踏会《ぶとうかい》となれば、さらに注目度が高いのだから、ここで手を打っておかねばならない。

「せめて、目立つ儀式は中断していただければ――なんて……」

「中断？　まさか！　盛大に行うぞ。なにせ思い出作りだからなぁ？」

わざとらしいまでに明るい声。にこっと嘘くさいほど綺麗《きれい》な笑みをギルハルトから向けられて、ひぃっと息が止まりそうになる。

考えてみれば神聖な儀式を『思い出作り』だなんて、不敬が過ぎた。やはり分不相応なことをするものではない。

「おまえは、妹がかわいそうだと言ったな？」

「は、はい」

「ならば、俺はかわいそうだとは思わんのか？　『アイリがいい』と望んでいるのに、妹にしろと勧《すす》められる俺を憐《あわ》れむ気持ちはないのか？　ん？」

やはり完璧《かんぺき》に美しい笑顔で詰《つ》め寄《よ》られて、アイリは青ざめるばかりである。

王が妹ではなく自分を望む理由を、『ベルンシュタインに恥をかかされた報復』だと信じて疑わないアイリは逆らうのを諦《あきら》めた。彼に手を引かれるまま歩きながら、せっかくなので見事な庭園の光景を楽しむことにする。

季節の花も美しく咲き誇《ほこ》る午後の庭には、噴水《ふんすい》の陰《かげ》やら、バルコニーの柱の陰、そこかしこから宮廷人が銀狼王と、その婚約者の『お散歩』を見物し、何事か囁《ささや》き合っている姿が見えていた。

今を楽しもうと図太く開き直る気持ちが、途端《とたん》に縮み上がる。異性と手を繋いで歩くだけでも緊張《きんちょう》しているアイリは、人から注目されるのに不慣れなのだ。

一方のギルハルトはといえば、注目を集めることなど慣れているのだろう、堂々としたものだ。

今更《いまさら》ながら、彼のいでたちを見てみれば、アイリと同じく動きやすい散歩にふさわしそうな軽装だ。上質な白絹地のシャツに、濃紺《のうこん》のズボンといたってシンプルだが、ベルトのバックルには精緻《せいち》な細工が施されていて、なんとも品がいい。

シンプルなだけに彼の引《ひ》き締《し》まった体の線や、ふるまいのスマートさが際立《きわだ》っている。

直視すれば、またぼうっと見とれてしまいそうだ。

それにしても、正装しているときはずいぶん年上に見えたけど、いつもはきちんと整えられている銀髪《ぎんぱつ》が今は自然に流されているせいか、少し幼い印象だ。

いままで意識しなかったけれど――。

「陛下は、おいくつなんですか？」

「ほう。ようやく俺に『興味津々《きょうみしんしん》』になったか」

「……っ、いえ、あの、ごめんなさい。不躾《ぶしつけ》なことをうかがいました」

「なんだ。菓子を食べさせ合ったときに、おまえが俺に興味津々だと言ったのは、やはり時間稼《じかんかせ》ぎだったのか」

――バレてた……!?

アイリは慌て、なぜだかギルハルトはしゅんとしたようだった。

「すみませんっ！　陛下がおいくつかを知りたいのは、本当なんですっ」

「二十一だ」

「え？　あ、ああ、そうなんですね！」

拍子抜《ひょうしぬ》けするほどあっさり教えてもらえたその年齢《ねんれい》を知って、どうやらこのラフな装いの銀狼陛下は年相応に見えているのだと得心がいった。

銀色の髪が、風に流れて形のいい額に踊《おど》っている。

昨日はあの綺麗な髪に親密に触れていたなんて、夢を見ていたような気分だ。

不思議な気持ちで見上げていると、ギルハルトが咳《せき》ばらいした。

「あー……アイリの質問に答えたのだから、アイリも俺の質問に答えろ。いいか、無回答は許さん。嘘をつくなどもってのほかだ。正直に答えるように」

背筋を伸ばして命じる口調は、まるで厳格な指揮官のようだ。

ただならぬ緊張感を発する彼に、ごく、とアイリは唾《つば》を飲み込む。

――いったい、どんな尋問《じんもん》が待ち受けているというの……？

「おまえの好きなものは、なんだ」

「…………は？」

拍子抜けして、間抜けな声が出てしまう。

「なんでもいい。ドレスでも宝石でも……ああ、そういうものでおまえの心は動かないのだったな。食い物でも、音楽でも、カードゲームの役でも、書物でも、葡萄酒《ぶどうしゅ》の産地でも」

さあ教えろ！　すぐに教えろ！　今教えろ！　早く教えろ！

その圧力はすさまじく、アイリは思わず後ずさりそうになるが、しっかりと手を握られていてそれもできない。たとえば、今、ここでギルハルトの手を振り払って逃げ出してみたとしても、一瞬《いっしゅん》で追いつかれて捕まえられてしまうだろう。

興奮しきった狼《おおかみ》に追われる、野ウサギのような気分だった。

「私の好きなものを、知って、どうなさるおつもりです……？」

「前は、おまえの望みを聞いたな。あれは恩賞のためだったが、今度は違う。個人的な礼がしたいのだ。ああ、一応言っておくが『妹にしてあげてください』というのはナシだからな。俺はおまえから菓子を馳走《ちそう》になったのだから」

「私が作った、あの焼き菓子のことをおっしゃっているのですか？　あれは儀式の一環《いっかん》だったんですよね？」

「建前でよければ、本当におまえが作る必要はなかったはずだ。料理人が、大層驚いていたぞ。まさか、婚約者本人が作るとは思っていなかったと」

「え……、そうだったんですか⁉」

なんと畏れ知らずな真似《まね》をしてしまったのか！　最高峰《さいこうほう》の美食を知りつくしているであろう国王陛下に対して、あんな素朴《そぼく》なお菓子をお出ししてしまうなんて――。

恐縮《きょうしゅく》に震えあがるアイリに対して、ギルハルトは真剣《しんけん》な顔をして言った。

「この立場に立っていると、建前ではないものを示してくれる者は少なくてな。貴重な経験をさせてもらった。だから、俺も相応のものを返したいと思っているんだよ」

「陛下……」

アイリは素直《すなお》に感動していた。なんて義理堅《ぎりがた》いお方なのだろう、と。

この国の臣民であることに誇りすら感じる彼女は、まさか王が『アイリに気に入られたくてたまらない』という下心を満載《まんさい》しているなんて、想像もしない。

彼の誠実に応えようとアイリは考えてみた。先日、望みを問われたとき、すぐには思いつかなかったけれど、好きなものくらいならすぐに答えられるだろうと。しかし——。

——ん？　あれ……？

彼女は愕然《がくぜん》とする。本当に、何ひとつ思い浮かばないのだ。

そして気がつく。生まれてから十七年、伯爵家の長女として最低限といえど必要なものは与えられてきたし、未来の王妃である妹を支えるに必要とするものは、自分で選んできた。けれど、自分自身が『好き』という理由で何かを選び取ったことはただの一度もないということに。

絶句したアイリに対し、困らせたとでも思ったのか、厳格な指揮官から一転、ギルハルトは穏《おだ》やかに促した。

「難しい問いではない。それに、ひとつじゃなくてもかまわんのだぞ。いくつでもいいし、なんでもいいんだ」

「えっと………わかりません」

「わからない？　何を言っているんだ、自分のことだろう」

まったくもって、おっしゃる通りだ。

過去に、妹から『お姉さまって自分では何も決められないのね』と指摘《してき》されたことがある。おおげさな揶揄《やゆ》だとばかり思っていたけれど、これはさすがに冗談では済まない。

五歳の子どもならばともかく、十七歳にもなって好きなものひとつ答えられないなんて恥《は》ずべきことだ。アイリは必死になって頭をひねる。

——好きなもの好きなもの、私の好きなものは……。

あっ、とアイリはつぶやいた。強《し》いて言うならば。

「馬に乗るのは、好きです」

たぶん。

三年ほど前のことだ。領内に経営している牧場で、あまりにも馬に好かれるものだから厩番《うまやばん》に勧められて乗ってみたことがある。

——あの時は、本当に楽しかったわ。

柄《がら》にもなくはしゃいで一日乗馬を堪能《たんのう》した。後にも先にも、あんなにはしゃいだことはないように思う。慣れぬ乗馬で尻《しり》が痛くなったような気もするが、そんな記憶《きおく》など吹っ飛ぶほど楽しかった。

どこにでも自分の行きたい場所に行けるような気がしたから……。

「馬か。悪くない」

笑みを含んだつぶやきと共に、ギルハルトに連れられた先は、王城内の大厩舎《だいきゅうしゃ》だった。

厩には、見事な毛並みの美しい馬が並んでいる。

馬体にブラシをかける者、蹄鉄《ていてつ》の手入れをする者、飼葉を運ぶもの——世話をしていたのは、馬丁《ばてい》ではなく驚くべきことに育ちのよさそうな若者たちだった。

「お初にお目にかかります、月の聖女殿《どの》。足をお運びいただき、我ら銀狼騎士団一同、心より歓迎いたします」

騎士団の衣装に身を包み腰には剣を帯びる、きらきらとまぶしい若き騎士たちは、アイリに向かって一斉《いっせい》に礼をとった。

銀狼騎士団に所属する騎士は、みな王に剣を捧《ささ》げている。王国行事のパレードなどで彼らを遠目に見たことはあったが、こうして間近にするのは初めてだった。

妹の社交に付き添っていたアイリは、身なりのいい貴族の子弟はたくさん目にしてきたけれど、目の前にいる騎士たちの立ち居ふるまいはその誰よりも洗練されていた。女性に対する礼儀《れいぎ》作法も行き届いているのか、アイリに対して俗《ぞく》っぽい好奇《こうき》を向ける者は一人としていない。

王宮に仕える彼らは良家出身のはずだが、みな熱心に馬の世話をしているようだった。

「銀狼騎士団では、自分で自分の馬を世話することが決まっているからな」

それで馬との信頼を高めるのだと、ギルハルトは説明をくれた。狼が駆《か》けるがごとき機動力を誇る、人馬一体の銀狼騎士団はルプス国の誉《ほま》れである。

愛情深く馬を世話する彼らの様子を見学していると、騎士団長だとアイリに挨拶《あいさつ》をした背の高い男が、ギルハルトに声をかけた。やがて彼らは真剣な表情で話しこむ。

ラフな格好をしていても、威厳《いげん》を放つギルハルトの姿は格好いい。思わず見とれるアイリに対し、一礼して近づいてきた騎士の一人が話しかけてきた。

「レディ。今日はどうして、このようなところへ？」

「お仕事中にお邪魔《じゃま》をして、すみません。馬が好きだと申し上げたら、ご厚意《こうい》で陛下が連れてきてくださったんです」

「なんと、それは光栄なことだ」

馬が好き、という言葉を聞きつけた騎士の面々は色めき立ち、たちまちアイリは麗《うるわ》しくも逞しい大勢の男性に囲まれてしまった。

「いつかお会いできればと思っていましたが、月の聖女殿にお越しいただけるとは」

「ありがとうございます、レディ」

「感謝します、月の聖女殿……！」

「本当に、貴殿が王宮に来てくださってよかった……心からの感謝を」

次々に礼を言われてアイリは困惑《こんわく》する。

ある者は笑顔で、ある者は興奮気味に、ある者は涙ぐんでいて——。

「あなた様は、我々の命の恩人なんですよ！」

「命……？」

「ご存じありませんか？　我々は、救われたのです。あなたのお越しが、もしも半月遅《おそ》ければ、騎士団には五体満足でいられぬものが幾人《いくにん》か出ていたでしょう」

騎士によれば、ギルハルトは幼い頃《ころ》より剣術《けんじゅつ》に長《た》け、よく銀狼騎士団に交ざり訓練を共にしていたという。十五の歳《とし》には、騎士団内に敵《かな》うものはすでになかった。

比類なき剣技《けんぎ》を誇る銀狼王は、その名を冠《かん》する騎士団の団員たちにとって誇りであったが——突如《とつじょ》として、彼らに地獄《じごく》の日々が訪れた。

半年前から、凶暴さを垣間見せるようになったギルハルトは、以前に増して嬉々《きき》として剣術の訓練に参加し、躊躇《ちゅうちょ》なく騎士たちを叩きのめしたという。

「この半年の間に、団員の三分の一が退団届を出したのです。届は、団長が保留にしましたが。今、団長が陛下と話しているのは、復員希望者についてですよ」

「無理もありません。僕も、先々月、半殺しにされかけましたから」

「半殺し、だなんて……」

きらきらまぶしい騎士から出た言葉だとは思えず、おおげさだと思いかけるアイリであるが、満月の晩の王を見ている。あの状態の彼が、剣を取ったかと思うと——。

「けだものでしたよ。ええ」

「ただでさえ、人間離れしてお強いのに」

「何度死ぬかと思ったか……訓練で殉職《じゅんしょく》なんて、死んでも死にきれませんからね」

死者もなく、再起不能なほどの重体者も出ず、大事に至りこそしなかったが、これらの騎士の苦難が『暴君陛下の凶刃《きょうじん》に殺された臣下もいる』というまことしやかな噂として、クリスティーナの耳に入れられたのだ。

最悪の事態が訪れるのは時間の問題――人狼の血に昂《たかぶ》っていたとはいえギルハルトもそれを危惧《きぐ》していた。

だから、この一か月、彼は自ら判断して剣を持たなかった。その結果、これまで剣の稽《けい》古《こ》で発散させていたフラストレーションをぶつけられる矛先《ほこさき》が、騎士から文官に移る。文官からは、騎士団に対して『剣術の訓練を再開しろ』と圧力がかかる。

しかし、みな命は惜《お》しい。ギルハルトとしても理性では、これ以上臣下を傷つけたくはない。退団届の提出は増える一方だった。

進退窮《きわ》まった騎士団が途方《とほう》に暮れていた、その時に訪れた救世主が銀狼王の婚約者というわけだ。恐縮するアイリに対して、騎士たちは熱弁する。

「あなたがいらしてからというもの、陛下はすっかり穏やかになられまして」

状況《じょうきょう》が一変したのだと。

「失礼ですが、レディ。そのように可憐でかよわく見受けられるのに、陛下を恐ろしいとは思われなかったのですか？」

「よくぞご無事でいらっしゃいましたね」

「月の聖女には秘伝があるのですか？　いったい、どんな術をお使いに？」

「いえ、私は何も。ただ陛下とご一緒しているだけで」

アイリの戸惑《とまど》い交じりの言葉に、騎士たちは、おお、と感嘆《かんたん》に沸《わ》いた。

「謙虚《けんきょ》でいらっしゃる……」

「月の聖女って……本当に実在していたんですね、先輩《せんぱい》」

「ああ。自分も、おとぎ話だとばかり思っていたぞ」

アイリを囲んでわいわいと盛り上がる中、一人の騎士が、向こうで立ち話をしているギルハルトの背中を横目に、耳打ちするように囁いてきた。

「ここだけの話、この数日、陛下はちょっと浮かれているくらいご機嫌がいいんです」

囁いてくるその騎士もまた、ずいぶん機嫌がいいように見えた。

隣《となり》の騎士も笑顔でうなずく。

「こうして聖女殿にお礼を申し上げられるなんて、我らは幸運です！」

喜びに沸き立つ騎士の誰もが王への恨《うら》みを飲み込んでいる、というふうではなかった。

疑問に思いかけるアイリだが、きっと自分と同じなのだろうと思った。彼らも、ギルハルトが好きなのだ。彼の魅了《みりょう》の力に、惹《ひ》きつけられてやまないのだろう。

その時、厩舎の外から馬の手綱《たづな》を引いて入ってきた一段と若い騎士が、慌てたように声を上げる。

「おい⁉　どうしたんだっ、こら、止まれっ！」

全身の体重をのせて手綱を引っ張るも、若い騎士の馬は止まらず、アイリに向かって突っ込んでくる。すぐ間近に迫《せま》った馬はさっと脚を止め、鼻面《はなづら》を寄せた。

アイリは物おじせずに手を伸ばし、ぽんぽんと撫でてやる。

騎士の使う軍馬は見上げるほど大きい。所領の牧場で育てていた荷運びのための馬よりも目方があるが、すり寄られても怖《こわ》いとは思わなかった。昔から、どんな動物であっても不思議と恐ろしいと感じたことはない。

慌てていた周りの騎士たちも、やがてほほえましく見守った。

「レディは動物がお好きなんですね」

特別に動物が好き、というわけではないが、こうして慕《した》われるとそれに応えたいとは思う。自分にできることがあるならしてあげたいし、動物相手であっても彼らの役に立てたのだと思えば救われた気持ちになる。

だから今回、身代わりといえど、こんな自分が王宮を訪れたことによってエーファや騎士たちが喜んでくれたというのなら、やはり嬉しいものだ。

「レディ、乗馬をご所望《しょもう》とうかがいました。どの馬になさいますか？」

「ぜひ私の馬に！　私が仔馬《こうま》から大切に育てました」

「いやいや、ぜひとも俺の馬に！　気立てのいい自慢《じまん》の子ですよ！」

いや、自分の馬に、と、騎士一同はこぞってアイリに手を伸べる。

月の聖女と感謝をしてくれるが、ベルンシュタインの血を引くのはアイリだけではない。

こんなに手厚く歓迎してもらい仕事の邪魔をして申し訳ないし、何よりも男性と接することに慣れていないアイリにとって、きらきらまぶしい騎士たちの圧は強烈《きょうれつ》だ。眩暈《めまい》を起こしそうになって、後ずさりながら話を逸《そ》らす。

「ご厚意に感謝します。そ、それにしても、馬たちはみんな賢《かしこ》そうな顔をしていますよね。こんなに大きくて立派な軍馬なのに、目が穏やかで、とってもかわいい」

顔を擂《す》り寄せてくる馬の一頭を撫でてやろうと再びアイリが手を伸ばせば、突然《とつぜん》、後ろから伸びてきた男の手に、その手を掴まれた。

振り返れば、なぜかひどく不機嫌な顔をしたギルハルトが立っている。強引にアイリを自分の愛馬にひっぱりあげて乗せてしまうと、騎士たちがざわめいた。

「陛下が、ご自分の馬に女性を乗せた!?」

一様に驚く彼らの中の数人が、ギルハルトが発した『かわいい……だと？』という謎《なぞ》のうめき声を聞いていた。

しかしながら、当然、この気力体力ともに充実《じゅうじつ》し文武に優《すぐ》れる敬愛すべき銀狼陛下が、嫉妬《しっと》にかられ胸中穏やかではないなど、誰ひとりとして想像もしない。それも嫉妬の相手が馬であるとは……騎士たちは夢にも思い至らないのだった。

ギルハルトの愛馬の上、アイリは手綱を握る腕の中にまたも捕われるような格好になっていた。動きやすいドレスは馬にまたがっても問題なさそうだったが、淑女の慎《つつし》みとして横座りの姿勢だ。

「腰や足が痛くはないか？　もっとこっちに寄れ。落ちるぞ」

返事を待たずに、彼はアイリの腰を自分のほうへと引き寄せる。

密着のぬくもりに気を取られる暇も与えられずに手綱を握らされ、ギルハルトの手が重ねられた。うろたえかけるアイリは、そういえば、と思い至る。

――まだ、『お散歩』の儀式の途中《とちゅう》なんだから、手を握っていなければならないんだっけ。

自意識過剰《かじょう》を恥じながら、ギルハルトの手に軽く指を絡《から》めてみれば、それを合図にするように、彼は馬を歩かせた。

大厩舎の前の広場を抜け、大庭園へと向かうにつれ少しずつ馬の足は速まっていく。

この身を包み込むギルハルトの体温。のぼせそうになっていたアイリの頬を撫でていく風に目を細めていると、間近に彼の声が問う。

「どうだ、馬での『お散歩』は」

「とっても視線が高くて、気持ちがいいです」

こんなにも視界が広い――。

改めて宮殿《きゅうでん》を振り仰《あお》いでみれば、なんて壮麗《そうれい》な城だろうかと感動を覚える。役目に囚《とら》われるあまり、あの美しさにも気づかなかったのだ。

大厩舎のほう、走り出てきた数人の若い騎士が笑顔で手を振っている。

あれは陛下へ振っているのだろうと横目で見てみるも、ギルハルトが彼らに応じる様子はない。一瞬迷ったが、アイリは騎士たちに手を振り返してみた。それに気づいた彼らはさらに大きく手を振り返してくれて、嬉しくて笑顔になる。

ギルハルトの顔を振り返ってみれば、その瞳は優《やさ》しくアイリを見守っていた。

「やっと俺を見たな」

「え？」

「俺から『好きなもの』を訊《たず》ねておいて、その『好きなもの』に勝てないのが悔《くや》しいなんてな。いや、いい、何も言わなくて。独り言だ」

苦い笑みを含んだ声が耳に優しくて、今更ながら、ギルハルトは年齢の割に落ち着いた低めの声なのだと気がついた。男の人とこんなにも密着した状態でいるのに、緊張よりも安心感に包まれている自分がいる。

「陛下、ありがとうございます。馬に乗せてくださって」

「礼を言うのは俺のほうだ。騎士どもが言っていただろう。おまえが王宮《ここ》に来たことで、俺は救われたんだよ。臣下から腫《は》れもののように扱われているのはわかっていたんだがな……諸悪の根源が、そんな弱音を吐き出すわけにもいかない。いつ臣下に見放されるかと、この半年は苦しくもあった」

つぶやく声は本当に独り言のようだった。アイリは不思議に思って問う。

「騎士の方々は、あんなにも陛下を崇敬《すうけい》しておられます。宮廷にも頼《たよ》れる方々ばかりでしように、胸にしまわず、お心を伝えてもよかったのでは」

ギルハルトは首を横に振った。

「宮廷に仕える者は、俺に王であることを求めている。皆に見放されずにいたのは、俺が王であったからだ」

人狼は神の化身《けしん》だと伝承に残されたのは、皆がそれを望むからだ。王が獣であることを望む臣民はどこにもいない。

「俺は……ずっと怖かったんだ」

自分の本性《ほんしょう》は、獣なのかと怯《おび》えていた。

夜が来るたび、このまま正体を失い、本当の獣になり果ててしまうのかと。

自分が自分ではなくなるのではないかと。

そんな弱音を臣下に漏らすわけにはいかない。臣民を不安にさせるのは王ではない。

ギルハルトから漏れる言葉の端々《はしばし》には、深い孤独《こどく》がにじんでいた。

背に負うものはあまりにも大きく、それでも、不安を吐露《とろ》することすら許されない場所に、この人は独りきりでいたというのか。

アイリは彼の手に重ねた手をそっと握る。

「陛下は、陛下ではないですか」

神様なんかではない。

臣民を大切に想《おも》っているところも、悩みを秘めて苦悩《くのう》していたところも、実はおちゃめなところも、驚くほど義理堅いところも、少しわんこっぽいところも、オオカミ耳がかわいいところも。

「全部含めて、陛下です。完璧な神様よりもずっと魅力《みりょく》があるように、私には思えます」

心からの笑みを向ければ、わずかに驚きを含んだアイスブルーの瞳が穏やかなほほえみを返す。

「ならば、アイリ。俺を名で呼んではくれないか。ギルハルトと」

「ギルハルト様」

「ギルハルトでいい。おまえの前では、ただのギルハルトでいたいから」

いつものアイリであれば不敬であると固辞していたところだが——あともう少しだけしかこの人といられない、という寂寥《せきりょう》がその名を口に出させていた。

「ギルハルト」

呼ばれた男は快活に笑う。そして言った。

「アイリの行きたいところはどこだ？　どこにだって連れて行ってやろう。だから、おまえも俺を選んでくれないか。俺はおまえを妃に……いや、妻にしたいんだ」

その言葉に、アイリの胸は高鳴っていた。

ギルハルトは優しい。

この数日でずんぶんに知ることができた。たとえ、妹の身代わりとしてここに来た自分に恥をかかせまいとする紳士《しんし》的な優しさだとわかっていても——。

遠くに見える王都の時計塔《とう》に、夕日がさしかかっているのが見える。吹き付ける風がひやりとし、それでも、アイリの手を包むギルハルトの掌は温かい。

剣の稽古のせいで硬く分厚いそれは、王宮に来ていなければ一生知ることはなかった。

銀色の髪が見た目よりもはるかに柔《やわ》らかでなめらかなことも、意外に照れ屋なところも、ふとした瞬間にこぼれる笑顔がこの心を摑んで離さないことも、今、自分を包み込むぬくもりも、何もかも——。

夕日に照らされた優雅《ゆうが》な宮殿、その尖塔《せんとう》が黄金色《こがねいろ》にきらめいている。まばゆいばかりのあの輝《かがや》きは、やがて訪れる闇《やみ》の中にかき消えてしまうのだ。

なぜか涙が出そうになって、アイリは奥歯をかみしめた。

ギルハルトと共に見た、この景色を、きっと一生涯《いっしょうがい》忘れることはない。

ひとときの輝きは、宝石のきらめきよりも、きらびやかなドレスよりも、はるかに得がたい宝となるだろう。

――5. ● 彼女の呪い、彼の呪い

翌日から、アイリはダンス指導の教師について稽古《けいこ》をすることになった。

王との婚約《こんやく》に至る儀式《ぎしき》、『舞踏会《ぶとうかい》』のためである。

サイラスの話では、ギルハルトはこの半年で滞《とどこお》らせていた政務に追われ、アイリとの儀式の時間を捻出《ねんしゅつ》するため、さらに多忙《たぼう》を極《きわ》めているという。

「つまり、一週間後の舞踏会まで、陛下《へいか》はどっぷりお仕事です。まあ、そもそも儀式以外では顔を合わせないのが決まりですがね。レディに会えない代わりに、せめてもと私が遣《つか》わせられました。なんなりとご用をお申し付けくださいませ」

「ありがとうございます、サイラスさん。お心遣《こころづか》い感謝します、と陛下にお伝えください」

『舞踏会』は最後から二番目の儀式である。ということは、アイリがギルハルトに会うのも、それで最後になるのだ。最終の儀式、『婚約式』まではさすがに身代わりを務めるわけにはいかない。

謁見の日以来、叔父から連絡がないがクリスティーナはまだ見つからないのだろうか。『舞踏会』とて、身代わりが務めていいわけでは当然ないので、『ダンス指導の先生のお手を煩《わずら》わせてはいけませんから』とドロップアウトを願い出ていたのだが、聞き届けてもらえなかった。

儀式の続行は、王たるギルハルトの判断であるから、と。

「一度始めたあなたには責任があるのですよ。神聖な儀式を放り出してはいけません」

責任、という言葉に弱いアイリは何も言い返せない。

舞踏会には、国中の貴族が来賓《らいひん》として訪《おとず》れるという。

タイムリミットは一週間。それまでに、どうか妹が戻《もど》ってきますように……。そう願うのとは裏腹に、最後にもう一度、ギルハルトに会いたい気持ちは否定できない。あと一度だけ、もう一度だけ、と、未練がましく望む自分がいる。

できるかぎり考えないようにと心がけてはいたけれど、認めざるを得ない。

ギルハルトに会うたび、彼が好きになっていく。強く優《やさ》しく誠実で、激しい炎《ほのお》のような心に、深く冷たい湖の底のような寂《さび》しさも併《あわ》せ持つ、あの人を――。

彼に会えなくなるのは、きっとたまらなく寂しいだろう。そしてそれは、彼に嘘《うそ》をついて近づいたアイリへの一番の罰《ばつ》であり代償《だいしょう》となるだろう。

「ダンス、お上手なんですね」

サイラスに声をかけられ、物思いに沈《しず》んでいたアイリは我に返った。

「舞踏会の付《つ》き添《そ》いをしたことはあっても、招待客として参加したことはないのでは？」

「ええ……私自身は、舞踏会では踊《おど》ったことがありませんし、女性のパート自体ほとんど経験がないんですが、基本はすべて覚えていますから」

これまでは妹のダンスの練習に付き合って男役のパートで稽古していたのだ。

すると、いつも無表情のサイラスがめずらしく眉《まゆ》を持ち上げてみせた。

「レディ・アイリ。差し出口だと承知して申し上げますが、社交界の付き添いなど、あなたのような未婚《みこん》のレディがすることではないでしょう」

普通《ふつう》であれば、社交界に招待された令嬢《れいじょう》の母親や侍女《じじょ》が付き添うものだ。

「何よりあなたは、あなたが思う以上に有能であるように私には思えますよ。しかしその能力を振《ふ》るわれるのは、いつでも妹君のため。どこまでご自分を犠牲《ぎせい》になさるおつもりですか」

「犠牲、というつもりはありません」

特別に妹のために、という気持ちもなかった。

「私は……伯爵家《はくしゃくけ》のために、できることをしなければならないんです」

自分にできることをしている。ただ、それだけなのだ。

「なるほど。貴族の家に生まれたからには、当然の義務である、と。私には、あなたのご家族があなたの真面目さに付け入っているようにしか思えませんがね」

この近侍《きんじ》、以前から思っていたけれど、かなりズバズバとものを言う人物だ。

言動にいちいちクセがあるせいで容姿にまで目が向かなかったが、改めて見てみれば、背筋の伸《の》びた隙《すき》のない立ち姿はスマートで、メガネの向こうの顔立ちは整っている。

「サイラスさんは……陛下と、ずいぶん親しくていらっしゃるんですね？」

「親しく。ふむ。私、陛下に対して不敬に見えますか」

「え、そ、それは……」

不敬に見えていたアイリが図星を指されて冷や汗をかけば、サイラスは肩《かた》をすくめた。

「陛下とは、学友なんですよ。陛下に対してあんな物言いをするのは、学生時代からあんな物言いをしていて、それゆえに召《め》し抱《かか》えられたからなんです。宮廷《きゅうてい》に上がった途端《とたん》甘言蜜語《げんみつご》で取り入るような真似《まね》をすれば、即刻《そっこく》、お役御免《ごめん》になさるでしょう」

「陛下は、ご自分に厳しい方なんですね」

「そもそも幼少の頃《ころ》、かなり厳しい教育を受けたようで。あなたが、ご家族に苦労なさっているように、陛下もまた、ご家族には苦労したということです」

「陛下のご家族、ですか」

ギルハルトの両親は、どちらも病で亡くなっているはずだ。

「ええ。特に、ご母堂である王太后が大層厳しいお方だったそうで。陛下の口から聞いたことは一度もありませんがね。旧臣からのまた聞きの話ですよ」

サイラスによれば、王太后による王太子への躾《しつけ》は常軌《じょうき》を逸《いっ》していたという。

正しく王になれ、と強く望まれて——それは、ほとんど強迫《きょうはく》観念に近かったのでは、とサイラスは語った。

「この半年、荒《あ》れていらした陛下は、当初、人狼《じんろう》の血のせいで感情が制御《せいぎょ》できないという事態を認めたがりませんでした」

名医と呼ばれるあらゆる医師の診察《しんさつ》を受けたが、その診断《しんだん》はことごとく異常なし。

「先王から仕えていた重臣は摂政《せっしょう》を敷《し》こうと声を上げ、こぞって陛下を精神的錯乱《さくらん》状態にあるとみなそうとしました。ですが私には、とてもそうは思えませんでした。学生時代から彼を見てきましたから」

性質が凶暴《きょうぼう》になる以外に思考に混乱はなかった。むしろ、以前に増して、国を統《す》べる者としては冴《さ》えてすらいたのだ。

王家の歴史を調べ、王族の家系独自の症状《しょうじょう》ではないかと疑ったサイラスは、さらに調べを進めた。その結果、人狼の血の影響《えいきょう》だと確信を持つに至る。

「先王が決めた婚約者——つまり、『月の聖女』との婚礼《こんれい》をお早く、と根気強く意見し続けました。できることはなんでも試《ため》すべきだとね」

ギルハルトの荒れ方と精神衰弱《すいじゃく》は目も当てられなかったというのに、それでも、やはり、どうあってもギルハルトは人狼の血を認めようとしなかった。

「ご自身の特性を、ご母堂に認められなかったからでは、と、私は推測しております。王家の歴史に記載《きさい》されているよりも、よほどひどく陛下は荒れておられた。それは、心の障《さわ》りによるものでもあったのだろうと。レディ・アイリ。あなた、人狼の血について陛下に何か言いました？」

「何か、とおっしゃると……？」

「そうですね。たとえば、『陛下の荒れた姿、ワイルド～♡』だとか、『はわわ、臣下を半殺しにするくらい強い男に憧《あこが》れちゃう☆』だとか肯定的《こうてい》なことを」

――逆に怒《おこ》らせませんか、それ……？

「こ、心当たりはありません」

罪悪感に視線を逸《そ》らしつつ、アイリはしらばっくれた。

まさか成人男性に対して、それも一国の王に対して『お耳がかわいいですね♡』と褒《ほ》めた上に撫《な》でくりまわした、などと答えられるはずもない。

ともあれ、ギルハルトは腹心にすら口を閉ざしたオオカミ耳のコンプレックスについてアイリに明かしていたことがわかった。アイリを身代わりだと薄々《うすうす》気づいていながら、である。

本来の婚約者が帰還《きかん》すれば、もう二度と親しく会話する必要のない気安い相手だと思ったから？　そう結論づけようとしながらも、『おまえも俺を選んでくれ』とせつなく乞《こ》うギルハルトの言葉を思い出す。

もし……もしも、ギルハルトもアイリに会えなくなるのを寂しいと感じてくれているならば――。

「私が、選ぶ……」

そんなことは、ただの一度も考えたことがなかった。

アイリ自身の将来は、叔父《おじ》が選ぶ伯爵家にとって都合のいい相手と結婚するか、それともゆくゆく伯爵位を継《つ》ぐ弟を助けて一生を終えるとばかり思っていたのだ。

「あなたは陛下と似たタイプかもしれませんね。利用されるくらいなら、利用すればいいと私なんかは割り切りますけど。お話を聞く限り、あなたの妹君は私と同じタイプだと思いますよ」

アイリは苦笑《くしょう》した。サイラスの言う通りだった。クリスティーナは、アイリとは違《ちが》い、なんだって自分で選ぶことができる娘《むすめ》なのだ。

今回、婚約から逃《に》げ出したのも、彼女自身が選んだことだ。その結果、『死ぬか婚約か』の命がけの儀式に予習なしに放り込まれる事態を回避《かいひ》することができた。

正しいか間違《まちが》っているかは別として、きっと、妹のような軽《かろ》やかさは、王侯《おうこう》貴族の社会を渡《わた》る上で必要なものなのだろう。

その証拠《しょうこ》に、アイリが命がけの儀式に挑《いど》んで死なずに済んだのは、単なる運でしかない。やはりアイリには、目の前のことをただこなすのがやっとなのだ。

こんな性質だからこそ、妹を度々《たびたび》苛立《いらだ》たせてきたように思う。彼女の幼い頃は、ギルハルトにしたように、膝枕《ひざまくら》をしてやったこともあったのに。

幼い頃のクリスティーナは、今よりもずっとアイリに懐《なつ》いていた。機嫌《きげん》よく『おねえさま、ご本を読んで！』とアイリに対してせがんでいたものだ。

──クリスティーナは、いつからあんなふうになったんだっけ……。

たしか……もう他界している祖母が、病床《びょうしょう》についてからではなかっただろうか。

そうだ、病床の祖母に家宝だというネックレスをもらった頃から、姉妹《しまい》はぱたりと会話もしなくなった。あの辺から、妹は自分にきつくあたるようになったような──。

思い当たった途端、首からさげてもいないネックレスの重みを覚え、それと共に祖母から与《あた》えられた言葉が、頭の中に響《ひび》く。

『おまえは両親を殺したのですから、その分、ベルンシュタインに尽《つ》くさなければなりません。それがおまえの役目です』

アイリが生まれたと同時に母が身罷り、アイリだけが生き伸びてしまった。母を深く愛した父までもが母の死への悲嘆《ひたん》に暮れた末、二年後に亡《な》くなった。

叔父からは、父がアイリに対して何か言葉を遺《のこ》したとは聞いていない。手紙の一筆すら残してはいないと叔父は冷たく言い捨てた。

『おまえは、父親に必要とされていなかった。疎《うと》んですらいたんだろうよ』、と。

誰《だれ》からも必要とされていないアイリだけ、生かされてしまったのだ——。

「——だから、私は……私の役目を、果たさないと」

胸に刻みつけられてきた言葉が、無意識のつぶやきとなってこぼれおちていたことにアイリは気づかなかった。


舞踏会当日、王宮の大広間にて。

「六つ目の『儀式』、舞踏会の大まかな流れを説明いたします。一曲目は、他の参加者たちとご一緒《いっしょ》に。二曲目は、陛下とレディ・アイリの一組だけで来賓のお歴々にダンスを披《ひ》露《ろう》していただきます。よろしいですね」

サイラスによる確認《かくにん》を終えると控《ひか》えの間に入り、アイリはギルハルトと軽くダンスを合わせる。

一週間会えなかったギルハルトの手は、やはり厚く硬《かた》くて温かく、照れながら触《ふ》れるアイリは最後の思い出を作ろうと彼にほほえみかけた。

胸の底に覚える痛みからは目を逸らして——。

大広間でなごやかに歓談《かんだん》する大勢の貴族は、大物ばかりだった。着飾《きかざ》った貴族令嬢や盛《せい》装《そう》の紳士《しんし》が、建国からの歴史を誇《ほこ》る伝統儀式の再現に興奮し、歓談に花を咲《さ》かせている。

招待客の中には、先日、アイリが婚約者の身代わりであると密告したグレル侯爵《こうしゃく》の姿もあって――。

「ほう。反聖女派の貴族と固まって、何やら熱心に話し込んでおられますね。おやおや、ずいぶんと剣呑《けんのん》なご様子だ」

サイラスがのんきに実況《じっきょう》すれば、アイリは青ざめ震《ふる》える。そんな半泣きの彼女の手を取って、ギルハルトは言った。

「みんな、おまえを見に来たんだ。サイラスから聞いたが、おまえはダンスの稽古中にこの舞踏会を辞退したい、と願い出たんだと？」

「は、はい……」

「それでも、結局逃げ出さずにこうしてここにいる。俺は、それが嬉《うれ》しいんだ」

アイリが思わずギルハルトを振り仰《あお》げば、彼はほほえみを浮《う》かべていた。

「おまえが、気乗りしないとは知っていたが……実はだな、俺もなんだよ。あまりダンスが好きではない」

「……え？」

「だが、アイリと踊れると思えば話は別だ。舞踏会の日を楽しみに思うなんて、人生で初めてだよ」

そして、まるで企《たくら》みごとでもするように、ギルハルトはアイリの耳に唇《くちびる》を寄せる。

「せいぜい、月の聖女反対派に見せつけよう。妹に恥《はじ》をかかせる？　そんなことは二の次だ。今はあの連中に、月の聖女の血を引く女がどれだけやるかを示すことだけを考えろ。ベルンシュタインとして役目を果たすんだろう？」

役目を果たす、という言葉を吹《ふ》き込まれた途端、大勢の大物貴族の姿に委縮していたアイリは背筋を伸ばす。

エーファに声をかけられると、人が変わったように堂々とした物腰《ものごし》で応じるのだった。

衣装《いしょう》を整えられるアイリから離《はな》れたギルハルトは、サイラスに囁《ささや》いた。

「おまえの言う通りだ。アイリは『役目』という言葉にすこぶる弱いようだな」

「アイリ嬢《じょう》は、周囲の和を乱すことを極端《きょくたん》に恐《おそ》れておいでです」

私には理解できませんがね、とつぶやくこのメガネ近侍長——サイラス・レッチェは、さる大貴族の私生児である。

大貴族の子とはいえ庶子《しょし》である彼が王太子時代のギルハルトと親しい学友となったのは、当時、周囲をおおいに驚《おどろ》かせた。さらに王の側近として抜擢《ばってき》されたのは、異例中の異例である。

「私は自分で望んだ結果、陛下のお傍《そば》にいます。しかし、あなたもアイリ嬢も、他人に望まれてここにおいでです。どうも彼女には、ある種の呪《のろ》いがかけられているように見受けられます」

「呪い」

「身に覚えがあるのではないですか、あなたにも」

無遠慮《ぶえんりょ》なサイラスの物言いに対して、ギルハルトは何も言わなかった。

実際、身に覚えがあるし、教えた覚えもないのにこの男は、それを承知している。そして、自分を怒らせることをなんとも思っていない。

『首を切りたければ、お好きに』という態度でいるのは、父親の威光《いこう》による余裕《よゆう》などではない。その反対で、父親に対して『迷惑《めいわく》をかけてはいけない』などみじんも思っていないのだ。養父の顔色をうかがうアイリを理解できない、と言うのものうなずける。

ちなみに、ギルハルトはギルハルトでサイラスの無遠慮なふるまいにはあまり頓着《とんちゃく》していない。ずけずけしたこの男の言動は、一見してわかりづらい献身《けんしん》の裏返しであることがほとんどだと長年の付き合いで承知しているからだ。たまに、本気で無神経なおもしろがりかたをすることもあるが、その時はきっちり制裁を加える。

学生時代からの気安さは、しかし、人狼の血の凶暴に引きずられたギルハルトに悪い結果をもたらした。オオカミ耳を目撃《もくげき》したサイラスに無遠慮に笑われたギルハルトは、彼を蹴《け》り飛ばし、肋骨《ろっこつ》を折るほどの怪我《けが》を負わせた。

「おまえの言う通りだ、サイラス。俺には『呪い』がかかっている」

その事件はサイラスの推《お》し進《すす》めようとしていた婚約の儀式に対し、ノーと言えない決定打となった。本気でこの血に――母との忌《い》まわしい記憶《きおく》に向き合わねばならない時が来たのだ、と。

「古今東西、姫君《ひめぎみ》の呪いを解くのは王子で、王子の呪いを解くのは姫君と相場は決まっています。そして姫君はすでに、命がけであなたの呪いを解いたのです」

図《はか》らずも、ですがね。とサイラスは付け加えた。

目の前で苦しむギルハルトに対し、アイリは手を差し伸べた。

他の何かを望んではない、あの無条件な手に、自分は確かに救われた。

「呪い……か」

アイリにかけられた呪いもまた、根深いものだとギルハルトにはわかるのだ。それはいばらのように彼女の心を覆《おお》いつくし、ギルハルトの言葉を阻《はば》んでいる。

言葉で届かないというならば、行動で示してみせるしかない。あの手を一度手離《てばな》せば、もう二度と触れることすら叶《かな》わないだろう――ギルハルトは、そう直感していた。

この舞踏会こそが、ギルハルトに与えられた最後のチャンスとなる。覚悟《かくご》を秘めた彼は、ダンスフロアへと足を踏《ふ》み出した。

ギルハルトに手を引かれて、アイリはフロアへ進み出た。

ファーストダンス、そのエスコートの巧《たく》みさにアイリは感嘆《かんたん》していた。彼に身を任せていれば、たとえどれだけダンスが不得手な淑女《しゅくじょ》でも、きっと優雅《ゆうが》に踊りきることができるだろう。

「陛下、すばらしいエスコートでした！」

さすがはなんでもこなせる銀狼《ぎんろう》陛下だ。

興奮交じりのまなざしで見上げれば、ギルハルトはなぜだか肩を落として息をついた。

アイリが王宮に上がってからというもの、こんな露骨《ろこつ》な嘆息《たんそく》など見たことがない。

「お疲《つか》れですか……？」

ギルハルトは苦笑する。

「いや……実はだな、俺はダンスが好きではないばかりか、かなり苦手なんだ」

「苦手？　まさか……」

「嘘ではないぞ。だからアイリが満足する出来ならば、と安心して気が抜《ぬ》けたんだよ。ダンスは好きではないが、アイリと踊りたいとは思った。おまえと踊る日だけを楽しみに、なんとか練習を耐《た》え抜いた」

——練習？　いつの間に……？

アイリは首をかしげる。

王宮には、練習用のダンスルームが設《しつら》えられているのだが、この一週間、日中稽古《けいこ》をしてきたのに、アイリはギルハルトと顔を合わせることは一度もなかったのだ。

あー、と口ごもった末に、ギルハルトは白状した。

「真夜中にな。無理やり、教師を呼びつけて練習していたんだよ」

「真夜中って、……ええ⁉」

「さっきは『役目を果たせ』なんて心にもないことを言った。おまえを奮い立たせるための方便で——そんなもの、どうでもいいんだ」

視線を逸らし、恥《は》じらうように彼は続けた。

「隠していた努力を結局ばらすなんてスマートではないとはわかっている。わかってはいるんだが……おまえに選ばれたくて、必死なんだ。みっともないとは思うが、獣《けもの》の耳を見られたからには今更《いまさら》だ。なあ、アイリ。この程度の努力では、俺を選んでくれないか？」

周りの参加者たちの視線などものともせずに、王は身代わり婚約者の前に跪《ひざまず》いた。そして、アイリの手の甲《こう》に唇を寄せる。

まるで騎士《きし》が姫君の愛を乞うように。

一般的《いっぱん》に高い地位につく男は、人前で愛情を露《あら》わにしないものだ。

だから、ギルハルトの行動を目《ま》の当たりにした周囲の参加者たちは一様に驚き、場内はざわめいた。それでも、彼の真摯《しんし》な瞳《ひとみ》はアイリの顔を見上げて揺《ゆ》らぐことも、逸らされることもなかった。

二曲目のダンスまでの合間、控えの間にてお色直しをされながら、アイリはギルハルトの誠意に打たれ、その感動の余韻《よいん》にぼうっとしていた。

信じられなかった。日々、激務であるにもかかわらず、自分のために真夜中に稽古をするほどの努力をしていたなんて……。

口づけられた手の甲に、もう片方の手を重ねて握《にぎ》りしめる。

ギルハルトは、アイリと踊りたかったと言った。

アイリもギルハルトと踊りたかったのだ。待ち遠しく思いながらも、今日という日は、彼と言葉を交《か》わす最後の日でもある。だから、今日が来なければいいと願ってしまう自分もいた。

――陛下は、本当に私をお妃《きさき》さまにと望んでいる……？

義務でも、贖罪《しょくざい》のためでもなく、アイリが必要だと言ってくれる人がいる。

誠実に接し続けてくれたあの人の言葉を信じて、あの手を取りさえすれば、今日が最後だと怯《おび》えなくてもいい。明日も明後日《あさって》も、ギルハルトに会える日々が訪れるのだ。

涙《なみだ》が出るほど幸福な夢想に胸が震えた、その時である。

控えの間の扉《とびら》があわただしく開いて現れた人物の姿は——。

「クリスティーナ……」

アイリは愕然《がくぜん》として、妹の名をつぶやいた。

✶ ☾ ⋆ ✶

失踪《しっそう》していたはずの妹は、舞踏会にふさわしく美しく着飾った姿でそこに立っていた。

「クリスティーナ……今まで、どこにいたの？」

からからに渇《かわ》いた喉《のど》でようやく絞り出したアイリの質問に、妹は悪びれる様子もなく答えた。

「王都にいましたわ。だから、宮廷の関係者から王の様子を教えてもらっていましたのよ。人が変わったように荒れていらした陛下が、また人が変わったみたいに穏《おだ》やかになられたって」

そこへ遅《おく》れて叔父が控えの間に入ってきた。こちらもアイリに娘の失踪の尻《しり》ぬぐいをさ

せたという恐縮《きょうしゅく》は毛の先ほどもなく、悪びれない。上機嫌に養い子をねぎらう。

「いやはや、アイリ、ご苦労だった！　銀狼陛下のご機嫌ナナメは半年も前からだったんだってなぁ。かわいい妹が王宮に上がる前に、それをなだめておくとは、おまえもなかなかかいい姉さんではないか！　だが、少々やりすぎではないか？　招待状には、婚約の『儀式』とやらを進めていると記していたが、どういうことなのだ」

「それは……叔父様に言われた通りの時間稼《じかんかせ》ぎ、です」

語尾《ごび》が小さくなる。

「ふん？　まあ、攻略法《こうりゃくほう》がそれだけ充実《じゅうじつ》すると言うのなら、いたしかたないか。しかし、あの青二才――いや、やんごとない銀狼陛下が、地味なおまえなんかに向かってかしずくとは……いったい、どんな攻略法を編み出せばあんなことができるのだ」

釈然《しゃくぜん》としない、という顔をしたベルンシュタイン伯爵の質問。答えられないアイリに対し、まあいい、と独りごちて彼は尊大に顎《あご》をしゃくる。

「ともかく、おまえの役目は、ここで終わりだ」

「あ、あの、叔父様、少しだけ待ってください。私――」

「何を待つのだ？　時間稼ぎはもう必要ないだろう」

会場のほうへと踵《きびす》を返《かえ》した叔父は、もうアイリのほうを見向きもしない。

「かわいいクリスティーナを差し置いて何事かと思ったが……これ以上、この子に恥をかかせるんじゃないよ。ここまできたら身代わりのことは隠しようもないからな、せめて引き立て役に徹しなさい。いいか、次のダンスでは招待客の前で、できる限りぶざまに失敗してみせるんだぞ」

失敗する？　ギルハルトが、アイリのためにとしてくれた努力や誠実に対して――。

――私は、ぶざまな失敗で返すというの……？

「どうした、アイリ。返事をしなさい」

そんなことしたくありません、と出かかった拒否《きょひ》を、叔父の言葉が容赦《ようしゃ》なく阻む。

「おまえは、なんのためにここにいる？　ベルンシュタインの繁栄《はんえい》のためだろう。他に何があるっていうんだ」

青ざめて俯《うつむ》くアイリに対し、クリスティーナは怪訝《けげん》そうな顔をして呼びかけた。

「お姉さま？」

叔父もまた、奇妙《きみょう》なものでも見るようなまなざしで言った。

「たかだが養われの身でありながら、図々《ずうずう》しくも我が家伝来の家宝を預かっている自覚はあるのか？　おまえさえいなければ、あの家宝は、おまえの父が譲《ゆず》り受《う》けていたのだぞ。なにせ、おまえさえいなければおまえの母は死なずに済んだし、おまえの父だって死なずに済んだのだからな。その重みがわかっていないとでもいうのか？　ん？」

――私さえいなければ。

その言葉は、アイリの心に宿った希望を握りつぶすには十分だった。手の甲に重ねていた手をのろのろと解くと、アイリは妹に対して無理やりに作った笑顔《えがお》を向ける。

「……おかえりなさい、クリスティーナ。無事に戻ってきてよかったわ」

クリスティーナは一瞬《いっしゅん》、眉をひそめてから口を開こうとするが——。

「アイリ・ベルンシュタイン様」

控えの間に入ってきたサイラスの毅然《きぜん》とした声がそれを阻んだ。

サイラスは、ベルンシュタイン伯爵とその実の娘に目を走らせると、いつも通りの無表情でアイリに告げた。

「陛下がお待ちです。お早くフロアへお越《こ》しください」


会場へ行くと、ギルハルトもまたお色直しを済ませていた。着替《きが》えたばかりのアイリの水色のドレスに合わせた、目の覚めるような白の式典服だ。

その精悍《せいかん》でいて艶《あで》やかな着こなしに見惚《みと》れる余裕もなく、ギルハルトの前に立つアイリを、叔父は突《つ》き飛《と》ばすようにして押しのける。

「陛下、ごきげん麗《うるわ》しく！　招待状を頂戴《ちょうだい》したときは驚きましたぞ！　クリスティーナという婚約者がありながら、何か深いお考えがあってのこととは存じますが」

自分の娘の失踪をしらばっくれるベルンシュタイン伯爵。馴《な》れ馴れしくすり寄られたギルハルトは、侮蔑《ぶべつ》を隠《かく》そうともせず眉をひそめた。

「貴殿《きでん》を招待したのは、むろん、アイリの養い親であり、ベルンシュタインの当主であるからだ。余と歓談を楽しみたければ、後日、改めて席を設けよう」

遠回しに告げた『あっちへ行け』という牽制《けんせい》はしかし、ベルンシュタイン伯爵には通用しない。愛娘《まなむすめ》を招き寄せ、意気揚々《いきようよう》と紹介《しょうかい》する。

姿を消していたことをやはり悪びれない妹は、淑女らしくしとやかな挨拶《あいさつ》をした。

「こちらが本来の婚約者でございます。おや？　姉のアイリが申し上げてはおりませんか？　……ええ⁉　『そんなものは知らん』ですとー⁉　アイリ、おまえという娘は！　妹の代理でご挨拶にと遣わせただけだというのに、いったいどういうことだ！」

周りの人間に見せつけるかのような、芝居《しばい》じみた大声を上げた叔父はおおげさに憤慨《ふんがい》してみせる。

「なんと、婚約の『儀式』とやらを行っている⁉　ベルンシュタインの当主たる、この私の許可なく⁉　はあ、やれやれ、どうしようもない娘だ！　おまえを信じていた私が愚《おろ》かだった。陛下、どうやら不幸な手違いがあったようで、当主としてお詫《わ》び申し上げます。この子は、昔から夢見がちなところがありまして、陛下の麗しさにのぼせてしまったのでしょう。さあ、クリスティーナ、こっちに来なさい。陛下のおそばに」

ぺらぺらとまくしてる弁舌《べんぜつ》もなめらかな叔父に視線で命じられたアイリは、妹の社交に付き添っていたときと同じように、できるかぎり気配を消した。

静かに壁際《かべぎわ》まで退《さが》ろうとしたアイリを、しかし、捕《つか》まえる手がある。

「ここにいろ」

アイリの腕《うで》をしっかりと摑《つか》んでいたのは、ギルハルトの手だった。

「ですが、陛下」

本物の婚約者が現れた今、自分の役目は終わったのだ。目顔で訴《うった》えるアイリを見つめる王の視線が、底光りするように鈍《にぶ》く輝《かがや》く。

「……ここにいろ。命令だ」

押し隠された激しい苛立ちが、声ににじんでいて——途端、アイリの背筋にゾクッと震えが走り、悪い予感に胸がさざめいた。

その時、ぞろぞろときらびやかに着飾った貴族の一団が現れた。グレル侯爵ら、月の聖女反対派の一団だった。

ギルハルトの姿を認めたグレル侯爵が前に出てきて、朗《ほが》らかに笑いかける。

「陛下、ご機嫌麗しく！　すばらしいファーストダンスでございました。それにしても、斬新《ざんしん》ですな。驚きましたぞ、招待状には古い伝統を踏襲《とうしゅう》した『婚約の儀《ぎ》』を催《もよお》すとのことでしたのに、まさか、婚約者ではない娘との踊りを披露なさるとは！」

そして、わざとらしく、今気がついたとでもいうようにベルンシュタイン伯爵に向かって大きく手を広げてみせた。

「おお、これはこれは、ベルンシュタイン伯！　将来の王妃《おうひ》という自覚も持てない娘の監《かん》督《とく》もおろそかな貴殿が、どの面《つら》を下げてこの場においでですか！」

「いやはや、グレル侯《こう》！　どの面下げては、こちらのセリフですぞ。よもやあなた、いけ図々しくも、まだ自分の娘を王妃に据《す》えられるとでもお思いで！」

「当然だ。貴殿が、先王陛下との神聖な誓約《せいやく》を踏みにじってくれたおかげでねぇ！」

招待状に、七つある儀式はもう終盤《しゅうばん》にさしかかっていると記されていたものだから、焦《あせ》る二人の舌戦《ぜっせん》は露骨で、バチバチと両者の間には火花が飛び散っていた。

自分たちの争いに夢中の彼らは、言葉のない王が苛立ちを募らせつつあることに気づいていない。

ふん、とグレル侯爵は鼻を鳴らし、芝居じみた手ぶりと共に言った。

「陛下、お願い申し上げます！　私の娘と一曲踊っていただきたい！」

「ぜひとも、わたくしの自慢《じまん》の娘とも踊っていただきたく！」

我も我もと、反月の聖女派の貴族たちは、美しく着飾った自慢の娘を王の前に連れてくる。

「皆さま、静粛《せいしゅく》に！　神聖な儀式の途中《とちゅう》なのです」

アイリと同じく王の放つ不穏《ふおん》な気配に気づいたのだろう、サイラスが制止の声を上げるも、彼らは聞く耳を持たない。

「先王が天啓《てんけい》を得てお決めになったのとは違う娘と踊ったというのに、『神聖な儀式』とはどういうことです⁉ 誰でもいいのなら、私の娘と踊ってもいいはずでしょう」

さあ！ さあ！ と、グレル侯爵の一派は詰《つ》め寄《よ》った。

ギルハルトの瞳に熾火《おきび》のように宿っていた感情――憤怒《ふんぬ》が、急速に膨れ上がるのをアイリははっきり見て取った。満月の晩の危《あや》うい彼を思わせる鋭利《えいり》な気配は、アイリの肌《はだ》をひりつかせているというのに、優雅な音楽に満たされた広間にいる招待客は誰ひとりとしてこの不穏に気づいていないというのか。

その時である。侯爵一派の動きに焦った叔父が、強引《ごういん》にアイリの手を王から引きはがし、クリスティーナを強引に押し出した。

「陛下ともあろうお方が、誰でもいいなんておっしゃいますまい⁉ 先王陛下が間違いなくお認めになった婚約者は、クリスティーナただひとりですぞ！」

銀狼王が噴《ふ》き出すこの殺気に、叔父は気づいていないと言うのか⁉

「待っ、叔父様、いけません！」

焦って声を上げるも、ギルハルトの酷薄《こくはく》なまなざしが目の前に差し出されたクリスティーナを捕《と》えた。鍛《きた》え上げられた逞《たくま》しい腕が伸び、彼の手が妹の首を摑もうとして――。

「ギルハルト……！」

迷っている暇《ひま》はなかった。アイリは彼の胸にがむしゃらに飛びついた。

驚きに見開かれたギルハルトの瞳。彼に抱《だ》き着くアイリを映したそれから、瞬時《しゅんじ》に殺意の炎がかき消える。

周りを囲んでいた貴族らは、アイリの行動に一様にぽかんとし、会場は水を打ったように静まり返った。

「ギルハルト」

正気を確認するための、彼の名を呼ぶアイリの囁きは冷静だ。ギルハルトは彼女の背を優しく叩《たた》いて理性が保たれていることを示した。

そのままダンスフロアにエスコートされ踊り始めたアイリは、王の目を見上げる。

「大丈夫《だいじょうぶ》ですか？」

答えの代わりにほほえむ彼の瞳は、悪い夢から覚めたように透明《とうめい》なものを宿してアイリを見つめている。温かな手で背を抱き寄せると、アイリにだけ聞こえる声で囁いた。

「やはり、おまえの胆力《たんりょく》は並外れているな。俺の傍にいてくれて、本当によかった。ありがとう、アイリ」

もう少しで、おまえの目の前でおまえの妹を傷つけてしまうところだった。間違いを犯《おか》すところだった、と彼は目顔で告げた。

アイリは振り返り、大勢の者が見ている中に妹の姿を確かめる。妹は、殺気を向けられた本人だ。さすがに気づいたのだろう、青ざめた頬《ほお》をして王を凝視《ぎょうし》している。

一方の、隣《となり》にいる叔父は愛娘の危機に気づかなかったようで、身《み》ぶり手《て》ぶりでアイリに命じるのに忙《いそが》しい。

『ダンスを失敗しろ！』

途端、アイリの手が震えた。

その手を取ったギルハルトは問う。

「やはり……俺が怖《こわ》いか？」

せつないまなざしが見つめている。

——怖い。

ギルハルトが怖いのではない。このひとの危うい殺気——あたかも鋭《するど》い刃《やいば》の切っ先のような銀色に輝くまなざしにすら、どうしようもなく惹《ひ》かれる自分が怖いのだ。

目を逸らすことは、もうできない。

——私は、この人に恋《こい》をしている。

認めた瞬間《しゅんかん》、激しい動揺《どうよう》がアイリを襲《おそ》った。その衝撃《しょうげき》は彼女の足に大きくステップを踏み違えさせていた。

——これで、儀式は失敗する。

ギルハルトの誠意を、彼がアイリのためにと稽古した努力を、台無しにするのだ。

悲しくて悔《くや》しくて、申し訳なくて、それでも、どこかで安堵《あんど》する自分がいた。もう迷わなくて済むから。

――与えられた役目のことだけ考えていればいい自分に戻ることができる……。

ぐらりと傾《かし》いだ体。しかし、アイリの足はぶざまにたたらを踏むことはなかった。

ギルハルトの力強い腕《かいな》に、強引にステップを正されていたのだ。

驚きの動揺に、再び踏み違えそうになる足は、氷上を滑《すべ》るように華麗《かれい》に円を描《えが》いていた。

腰《こし》を引き寄せられてふわりと抱き上げられたアイリのドレスにあつらえられた白のドレープが、水面に王冠《おうかん》を描くようにあざやかに波打った。

その光景の鮮烈《せんれつ》さに、感嘆があちこちから漏《も》れ――一曲を踊りきった瞬間、会場は盛大《せいだい》な歓声《かんせい》で満たされていた。

鳴りやまない拍手《はくしゅ》。片手を上げて制したギルハルトは、会場中の参加者に張りのある声で列席の感謝を述べてから、彼らに語りかける。

「皆《みな》も知っての通り、この国の始祖は人狼とされている。この俺も、人狼の血を引いている。尊い血を余は誇っているが、しかし、その発現の濃《こ》さによって、障りが出ることがあるのは、広く知られてはいないだろう。余は、この半年、人狼の血によって臣下に多大な面倒《めんどう》をかけていた。この場を借りて、彼らに詫びたい」

会場は驚きにざわめく。噂程度に広まっていた話は、暗黙《あんもく》のうちに禁句とされてきたというのに、それを銀狼王自らが明かしたのだ。

アイリはギルハルトの腕に触れる。彼は心配ない、と言うようにその手にそっと自分の手を重ね、そして再び周囲に語りかけた。

「知っている者は知っているだろう。余がこの半年間、ひどく荒れていたことを。いくつかの政務を滞らせ、余自身、憔悴《しょうすい》していた。そこでいよいよ、余はこの事態を打開すべく婚姻を進めることにした。伝承では、人狼の血を鎮《しず》めるのはベルンシュタインの『月の聖女』とされている。そして、十年前に、ベルンシュタインの令嬢が余の婚約者として選ばれてはいたが、手違いがあり、余の元を訪れたのは先王の承知したその娘ではなく、このアイリ・ベルンシュタインだった」

貴族たちは、王の言葉にさざめいた。

グレル侯爵によって、身代わり婚約者の噂を知る者もいるにはいたが、社交界では、クリスティーナが未来の王妃であると広く喧伝《けんでん》されていたのだから無理もない。

「しかし実際に余を救い、余に心の平穏《へいおん》を取り戻させたのは、紛《まぎ》れもなくこのアイリなのだ」

そして、ギルハルトは宣言する。

「余は、尊き始祖の血を引く王である！　余と、我が臣下を救った聖女を排《はい》する凡愚《ぼんぐ》では断じてない。ここに宣言する――余の妃は、アイリ・ベルンシュタインであると！」

歓声と驚嘆《きょうたん》と、非難の声が同時に上がり、会場内は奇妙な騒乱《そうらん》に包まれた。

動じることなく、ギルハルトは毅然として布告を続ける。

「異のある者は、名乗り出よ！　申し出よ！　届け出よ！　その異論、我が威信《いしん》とルプス国の安寧《あんねい》にかけて、ことごとく潰《つぶ》してくれよう。覚悟ある者だけ我が前に来るがいい！」

ざわめきの中で、アイリもまた驚きのあまり声を失《な》くしていた。

ギルハルトがあれだけ否定していた人狼の血を、人々の目の前で肯定してみせたのだ！

アイリの表情に何を勘違《かんちが》いしたのか、ギルハルトは苦く笑う。

「許可を得ず、勝手に宣言してしまったのは悪いとは思うが、アイリを妃にするとは再三言っていただろう？　いいかげん観念してくれ」

それでも声を発そうとしないアイリに、困った顔を耳元に寄せ、アイリにしか聞こえない声で囁く。

「絶対に逃がさないと言っただろう」

「陛下……」

「名前で呼べと言ったはずだ」

「ギルハルト」

「ん。よくできた」

褒美《ほうび》を与えるように、王はアイリの頬にキスをした。

その温かさに、アイリは泣き出したい気持ちになる。

ギルハルトは、こんなにも言葉と態度でその心を伝えようとしてくれる。

アイリにも伝えたいことがあるのに、伝えられない——胸のうちに巣くう恐怖《きょうふ》が、両親を殺したという罪の意識が、それを許さないのだ。

もう会場内に非難の声はひとつとして聞こえない。

諸侯《しょこう》が祝いの挨拶のため、王に参じる長い列をなす。彼らに応じるギルハルトの背中は、こんなにも近くにあるのに、どうしてかひどく遠くに思えた。


エーファに促《うなが》されて着替《きが》えのために控えの間に入ると、そこには叔父とクリスティーナが待っていた。

にこやかに人払《ひとばら》いを頼《たの》んだ叔父は、エーファと侍女が去った途端アイリを詰《なじ》る。

「これはどういうことだ？」

アイリは何も反論ができない。

叔父はいらいらとため息をついた。

「そんなドレスを与えられて欲が出たか？　いやらしい娘だ。おまえの父がおまえを疎んだのもうなずけるというものだ」

「…………っ」

「私はもう一度、陛下にお詫びをしてくるから、アイリよ、おまえはひとりで家に帰りなさい。私たちの馬車には乗せんぞ、これは罰だからな」

踵を返した叔父がドタバタと出て行って、部屋にはアイリとクリスティーナだけが残された。先ほど王から殺気を叩きつけられたショックに、妹の頬はまだ青白かった。

さぞ怖い思いをしただろう。せめてもの慰《なぐさ》めにと、背に触れようと妹に手を伸ばせば、身を引いてかわされる。クリスティーナはアイリを睨《にら》みつけて言った。

「お姉さま。あなた、本当に王妃になるつもりなの？」

「……、それは――」

「なぁに？　はっきりおっしゃいよ。どうしてあなた、いつも言われっぱなしで何も言い返さないの？　あたくし、お姉さまのそういうところ大っ嫌《きら》いだわ」

クリスティーナは青ざめた唇で、薄《うす》く笑う。

「あの恐ろしい銀狼陛下は、お姉さまを妃にするって言っていたけれど、あれは本当にお姉さまの意志なの？　あなた、いつだって自分で決めずに人の顔色をうかがうものね」

「………、」

「お姉さまみたいな人に、王妃なんて務まるわけないじゃない！　お姉さまにできるのは、命令されたことを黙《だま》ってこなすだけ。おばあさまに伯爵家を任されたみたいにね」

『おまえは両親を殺したのですから、その分、ベルンシュタインに尽くさなければなりません。それがおまえの役目です』

祖母の発したアイリを縛《しば》る呪いの言葉。心を囚《とら》われて、呼吸すらできずに身がこわばる。

クリスティーナはふん、と嘲笑《ちょうしょう》をこぼした。

「ねえ、お姉さま。この二週間、私が王都で何をしていたか、教えてあげましょうか？　あの家宝？　おばあさまのネックレスを骨董《こっとう》屋に売り払いましたの」

「……え？」

「新しい靴下止《くつしたど》めを買う足しにもならなかった。まあ、当然よね。大昔のだっさいデザインですもの。あんなもの後生大事に持っていられるなんて、どうかしてるわ」

アイリは愕然とする。売った？　伯爵家に代々伝わる家宝を。

「クリスティーナ、なんてことを……いくらなんでも、やっていいことと悪いことがあるわ。あれは、おばあさまの願いがこもっているものなのよ？」

「願い？　願いですって!?　あのババア、伯父《おじ》さまが――お姉さまのお父さまが亡くなったのを誰かのせいにしたかっただけじゃないっ」

青ざめていた頬を赤く染めて、クリスティーナは声を荒《あら》らげた。

「出来のいい自慢の息子《むすこ》が死んじゃって、あのババアはお姉さまに責任を押し付けて、自分が救われたかっただけなのよ⁉　いつだって都合よく利用されて、身代わりにまでなるんですもの。馬鹿じゃないの⁉　マヌケすぎて開いた口がふさがらないわ！」

クリスティーナは踵を返すなり、ドレスの裾《すそ》をつまんで走り出て行った。

部屋にひとりきりになったアイリは、しばらく茫然《ぼうぜん》としていた。

「私……家に、戻らないと……」

大切な家宝のネックレスを売られてしまった。自分が家にいなかったせいで。

「……また、私の、せいで――」

外に控えていた侍従《じじゅう》に、外の空気を吸いたい、と申し出る。幽鬼《ゆうき》のような足取りでアイリは城内を歩いた。

回廊《かいろう》ですれ違う貴族や、侍従が振り返って自分を見るけれど、気にせずにどんどん足を進め、自分に与えられていた客間に向かう。

折よく客間でひとり掃除《そうじ》をしていた年若い女中がアイリの姿に驚くが、『気分が悪くなって』と説明し、ひとりではできないコルセットを緩《ゆる》めるのを手伝ってもらう。

「エーファさんを呼んできてください」

そう女中に頼んだのは人払いの時間稼ぎだ。急いで豪奢《ごうしゃ》なドレスを脱《ぬ》ぐと、庭園を散歩したときの衣装を取り出した。散歩の儀式の後、王から贈《おく》られたものだ。

自分ひとりで着られる身軽なそのドレスをすばやく身に着け、書き物机の引き出しに入れていたノートを取り出した。

部屋から外の様子をうかがえば、廊下《ろうか》には誰もいない。舞踏会のため、従者たちはみな大広間のほうへ駆《か》り出されているのだろう。

――回廊から中庭を抜けて、暗がりに身を隠しながら城門まで行こう。あとは招待客の付き添いのふりをして場外に出られる。

招待客の中に、社交界で見知った貴族の顔がいくつかあった。その付き添いの侍女とは話をしたことがあるから、事情を話して、うまくいけばその主人に家に帰るまでの路銀を借りられるだろう。

アイリは走り出した。走りながら、忙しく頭を回転させる。

――婚約の儀式で残されたのは、婚約式だけ。

このままアイリが王宮を去って二度と訪れなければ、儀式は失敗に終わるのだ。

あとは静かに目立たないように、これ以上の迷惑がかからないように余生を暮らそう。

アイリは自分に言い聞かせる。

さっき妹は、ギルハルトに対して恐怖を覚えただろうけれど、アイリとて初対面では同じだった。大丈夫。きっと一緒に過ごすうちに、彼が好きになる。

何よりも、銀狼陛下の攻略法をこつこつと書き記してきたノートがここにある。これさえあれば――。

【陛下は撫でられるのがお好きなようです。耳の後ろが特にいいみたい】

【陛下は『かわいい』と言われるのがお嫌いではないようです。失礼だと委縮せず、素直《すなお》に言ってさしあげて】

【陛下は意外と甘いものがお好きなようです。できたてのお菓子《かし》を食べさせてさしあげると喜ばれます】

【陛下は優しい方です。ご自分が多忙なのに、いつも私を気遣《きづか》ってくださって――】

胸の中で反芻《はんすう》していた、その時、ギルハルトの声が唐突《とうとつ》に胸によみがえった。

『おまえの好きなものは何だ？』

アイリは走らせていた足を止めた。

息を整えながら、ふと気づく。

中庭から見える夜空には、銀色の三日月が浮かんでいた。

「私がいなくて、陛下は大丈夫かしら……」

満月の晩が最も人狼の血が昂るとは言っていたけれど、舞踏会場で見せたあの炎のような激情は……。

ギルハルトは、アイリが必要だと言った。アイリを望んでくれた。

いつでも誠実にアイリの言葉に耳を傾《かたむ》けてくれていた。

今や祖母の呪詛《じゅそ》よりも、彼の温かな言葉が鮮烈にこの胸を満たしている。欲《ほ》しくて与えられたわけではない家宝は、アイリを縛り付けたあの古びたネックレスは――。

「もう、ないんだ……」

それを実感した途端、視界がクリアになった気がした。

胸にこびりついていた祖母の呪詛は、アイリに慙愧《ざんき》の念を植え付け、悪夢を見せて苦しめ続けていたのだと、理解する。

自分さえ生まれていなければ母は死ななかった。父も死ななかった――そう思い込まされていた。

贖罪のために、伯爵家のために生きさえすれば、自分が存在していいと思える気がしていたのだ。だけど――。

――違う！　私は、殺してなんかいない！

両親に、死んでほしいわけがないではないか。

ギルハルトが妹を傷つけようとした。あの時、アイリはギルハルトの凶行《きょうこう》を止めることができた。彼が望まず人を傷つけるのを阻止《そし》することができたのだ。

この手で、自分の意志で、妹を救ったのだ。

――私は、何もできないわけじゃない！　選べないわけじゃない！

それを教えてくれたのは、ギルハルトだった。

自分には何もできないと思い込んでいたから、アイリは『父と母を殺した』と信じ込んできた。自分が本当は何をしたいのかを理解した今、思う。

――あの時、おばあさまに言い返していればよかった。『私は、お母様もお父様も殺してなんかいない！』って。

「クリスティーナの言う通りだわ。肝心《かんじん》な時に何も言えなかった私が、間違ってた」

どこにだって連れて行ってやる、とギルハルトは笑った。

『アイリの行きたいところは、どこだ？』

私の行きたい場所は――。

アイリは踵を返す。ギルハルトのいる場所へと。

しかし、その時である。

暗がりから、見知らぬ男が三人現れたかと思うと、音もなく取り囲まれた。

あっという間に取り押さえられたアイリは、抵抗《ていこう》する暇も与えられずに薬を嗅《か》がされ、ぷっつりと意識を失った。

――6. それぞれの解放

「おい、丁重《ていちょう》に扱《あつか》えよ。ベルンシュタインといえば、月の聖女の家系って話だ。それくらいは知ってるだろう」

「罰《ばち》が当たるってぇ？　ははっ、ガキかよ」

「てめぇで攫《さら》っておいて、罰を当てないでくださいってか？　図々《ずうずう》しいねぇ」

聞き覚えのない男の声がする。アイリが目を覚ましてみれば、後ろ手に縛《しば》られ、身動き取れずに床《ゆか》に転がされた状態だった。

あたりは、薄暗《うすぐら》い。光源は、わずかな燭台《しょくだい》のあかりだけだった。

刺激臭《しげきしゅう》のする薬を嗅《か》がされたせいで、頭が痛んで、えづきそうな気持ち悪さが胃から喉《のど》にかけて残っている。徐々《じょじょ》に慣れてきた目でのろのろと周りを見回せば、自分が放り込まれたのは、掃除《そうじ》の行き届いているとは言いがたい埃《ほこり》っぽい部屋のようだった。

どうやら誘拐《ゆうかい》されたらしいが――営利誘拐だとしたら、的外れなことこの上ない。何しろ、ベルンシュタイン伯爵家《はくしゃくけ》にはたくわえなどないに等しい。

身なりのいい男が二人と、明らかに身を持《も》ち崩《くず》したようなごろつき男が二人。たたずまいに違《ちが》いが如実《にょじつ》に表れている彼らは、奇妙《きみょう》な取り合わせだと思う。

アイリを王宮から連れ出したのは、身ぎれいな男たちだ。丁重に扱え、と言ったのもこっちの二人だろう。

──少なくとも、すぐに殺されることはなさそうだけど……。

そう判断したアイリは、薬に渇《かわ》いて掠《かす》れる声で問う。

「あなたたちの……目的は、なんですか？」

アイリに視線を落とし、顔を見合わせた身ぎれいな男たちは答えた。

「ああ……お嬢《じょう》さん、目を覚ましちまったのか」

「気の毒だがな、俺たちはあんたの妹に雇《やと》われているんだよ」

どこか同情交じりの身ぎれいな男たちの話によれば、妹はアイリが銀狼《ぎんろう》王と仲睦《むつ》まじくしているという噂《うわさ》を聞いて、いたくプライドが傷つけられたという。未来の王妃《おうひ》と周りに喧伝《けんでん》していたのに、よりにもよって自分より地味で見栄《みば》えのしない姉が気に入られるなど認められないと。

妹は社交界に出ていたし、男友達もたくさんいた。利用できるものは利用する、と豪語《ごうご》してはいたが……。

アイリは違和感《いわかん》を覚える。この場にいる身ぎれいな男は、自分を攫った三人のうちの二人だ。姿の見えないもう一人の男——星明かりに照らし出されたあの顔を、どこかで見たような……。

「ん？　どうした、お嬢サマ」

「なんだ、あんまりビビってねえのな？　おうちで刺繍《ししゅう》しかしてないような世間知らずのお嬢には、言ってる意味がわからなかったかぁ？」

「それとも聖女様のご加護があるから、怖《こわ》くなんかないかなぁ？」

そうせせら笑うのは、身なりの悪いほうの男たちだ。

「……おまえたちも見張りに行け」

「んだよ、急に呼び出しといて偉《えら》っそうに。お上品な連中と仕事すると、つまんねえな」

舌打ちしながらも、命じられたごろつきたちは立ち上がる。

聖女の加護云々《うんぬん》ではないが、彼らの言う通り、アイリは不思議と『ビビって』はおらず、落ち着いた気持ちだった。ギルハルトに見せられた、触《ふ》れれば切れるような殺気。あの危《あや》うさに比べれば、この部屋の不穏《ふおん》さなどどうということはないと感じたからだろうか。

逃《に》げるチャンスをうかがおう、と冷静な心持だった。

——無事に戻《もど》らないと、きっとギルハルトが悲しむから。

『婚約者《こんやくしゃ》の役目を果たさない』と、迷惑顔《めいわくがお》をするのではなく、ギルハルトはアイリの安否を心配するはずだ。確信をもってそう思えた。

誰《だれ》かに対して、そんなふうに信頼《しんらい》を抱《いだ》くのは生まれて初めてのことで、ギルハルトの言葉が自分の心を強くしていると気づいたアイリは、どれだけ彼がアイリに対して愛情深く接していてくれたかを実感する。

——ギルハルトに会いたい。

絶対に彼の元に戻るんだ、と静かな決意を胸に灯《とも》したその瞬間《しゅんかん》である。

外に出ようとしていた男が、ドアノブに手をかけた格好でぴたりと動きを止めた。ドアの外から、ドカドカと不機嫌《ふきげん》そうな長靴《ちょうか》の音が近づいてくる。

アイリには聞き覚えのあるその足音に、男たちは不可解そうだ。

「？　見張りの交代時間だったかぁ？」

「いや、いきなり呼び出されてよ、んなもん決めてねえだろが」

足音はあっという間に近づいてきたかと思うと、男たちが警戒《けいかい》する時間も与《あた》えない。

ドッガーン！

轟音《ごうおん》とともに、扉《とびら》が吹《ふ》っ飛《と》ばされた。

折悪く、扉ごと盛大《せいだい》にぶっ飛ばされたごろつきたちは、勢いのまま壁《かべ》に激突《げきとつ》し、不吉《ふきつ》な音を立ててそのまま床に倒《たお》れ伏《ふ》す。

蹴破《けやぶ》られた扉の向こう、薄暗《うすぐら》い廊下《ろうか》から、鈍《にぶ》く輝《かがや》く銀の光がこちらを覗《のぞ》く。濃厚《のうこう》な殺気を放つ双眸《そうぼう》——悪鬼《あっき》のような形相で睨《にら》みつけているのは——。

「ギルハルト……！」

大剣《たいけん》を片手に摑《つか》み、無残に壊《こわ》れた扉を乗《の》り越《こ》え、のっしのっしと部屋に入ってきた銀髪《ぎんぱつ》の男。彼の頭には、異形の耳が生えていて——。

「は……ひぇ!? バケモノ——いや、じ、人狼《じんろう》!?」

「狼神《ろうしん》!? せ、聖女を攫った、神罰《しんばつ》——!?」

まさか銀狼陛下《へいか》自らが登場するとは思っていない男たちは恐慌《きょうこう》し、迫《せま》りくるガタイのいい獣耳《けもみみ》男に引きつった悲鳴を上げ、どたばたとたたらを踏《ふ》む。

彼らは許しを請《こ》うため跪《ひざまず》くのすら待ってもらえず、大股《おおまた》に踏み込んでくるギルハルトによって、ほんの一瞬《いっしゅん》のうちにドカバキとなぎ倒されてしまった。

昏倒《こんとう》する男どもに見向きもせず、ギルハルトはアイリの縄を解《ほど》きにかかる。

自由を取り戻したアイリは、迷わずギルハルトに抱《だ》き着いた。驚《おどろ》いた顔をしながらも、ギルハルトは怒《いか》りの形相を解くとアイリの背を抱きしめ返す。

「何もされてはいないか？　万が一にもされていたら、この場でこいつら全員細切れに切り刻んでやるが」

「薬で気を失いましたけど、それだけです。助けてくださってありがとうございます」

「礼など言うな。おまえが連れ去られたのは俺の落ち度だ。肝《きも》が潰《つぶ》れるかと思ったぞ。無事でよかった……」

「どうして、この場所がおわかりに？」

「血相を欠いたエーファに、アイリが姿を消したと報告を受けてな。聞けば、少し前から様子がおかしかったと言うではないか。その直後、アイリは攫われたのだと垂れ込む者が現れた。垂れ込んできた者も、誰の企《たくら》みであるかまではわからんと言っていたが」

「私……たぶん、わかります」

「なんだと⁉　それはいったい――」

アイリを攫った犯人と、根拠《こんきょ》を挙げようとした、その時である。

「陛下ぁ！」

遠くから呼び声が聞こえてきて、アイリはギクッと身をこわばらせる。

「案ずるな。あれは、銀狼騎士団《きしだん》だ」

「いえっ、その……ちょっと、失礼します！」

迷っている暇《ひま》はない。騎士たちに異形の耳を見られたくはなかろうと、急いでギルハルトの頭をなでなですると、すぐにオオカミ耳はひっこんでくれて、アイリはほっと胸を撫でおろした。

「なんだ、アイリ。それは俺への褒美《ほうび》のつもりか？　悪くないな、もっとしてくれ」

あれだけ厭《いと》い、人に見られるのを恥《は》じていたオオカミ耳の出現に、ギルハルト自身まったく気がついていなかったらしい。それほどまでに必死で助けに来てくれたのだと思うと、アイリは喜びと感激で泣いてしまいそうになっていた。

「陛下、どちらにおいでです、陛下ぁ！　……へ？」

部屋に飛び込んできた騎士たちは、ぽかんとする。

悪漢がそこかしこに倒れている部屋の中、銀狼陛下が腕《うで》に抱きしめた華奢《きゃしゃ》な娘《むすめ》に無防備に頭を撫でられていたのだから無理はない。

「なんだ。何を見ている」

ぎろりと睨みつけるまなざしは鋭《するど》いのに、婚約者とのイチャイチャをやめようとしないギルハルトに対し、誉《ほま》れ高い銀狼騎士団の若者はびしっと踵《かかと》を揃《そろ》えてみせた。

「は、あ、いえっ、陛下！　ここに倒れている者どもを、誘拐容疑で確保します！」

「ああ、任せた。行くぞ」

ギルハルトに手を借りて部屋を出てみれば、古びているが立派な屋敷《やしき》に自分は囚《とら》われていたのだと知る。貴族のタウンハウスとして使われていた屋敷だろうか。

荒《あ》れ果《は》てた庭園、その向こうには通りに面した路地があり、そこかしこに、ごろつきが倒れる姿があった。ぼろ雑巾《ぞうきん》のように昏倒している彼らが見張り役なのだろう――荒れた外観とあいまって、なんとも無残な光景だ。

ざっと見ただけでも、建物の中にいた男たちを含《ふく》めて八人ほどか。

そんなことを考えるアイリに向かって、騎士の一人が言った。

「レディ、ご無事で何よりです」

「すみません、私が勝手に王宮から出ようとしたばかりに、ご迷惑を……」

「いえいえ、我らは何もしていません。我らが到着《とうちゃく》したときには、悪党どもは全員、陛下が倒しておられましたから」

ギルハルトはアイリが攫われたと知るや、たったひとりで供も連れずに馬を駆《か》り城を飛び出したという。サイラスの指示を受け騎士たちが慌《あわ》てて追ってここにたどり着いたときには、すでに見張りどもはぶちのめされた後だった、とのことだ。

オオカミ耳の美丈夫《びじょうふ》が問答無用で襲《おそ》いかかってきて、悪党どもはさぞかし驚愕《きょうがく》しただろう――アイリが少しばかり彼らに同情した、その時である。

「ここまで早く来るとはな！」

路地の陰《かげ》から躍《おど》り出てきたのは、黒衣の男が数名。不審《ふしん》な彼らは、それぞれが得物を構えて対峙《たいじ》する。

ギルハルトはアイリを背の後ろにさがらせると、剣《けん》を抜《ぬ》いた。

「人質《ひとじち》を奪《うば》い返《かえ》されたというのに、まだ逃げずに向かってくるとはいい度胸だが……ふん？　娘一人を攫うのに、ずいぶんと大仰《おおぎょう》ではないか」

応えない黒衣の男たち。その一人が、いかにも戦闘《せんとう》慣れした動きでアイリに向かって短剣《たんけん》を数本放《はな》ってきた。それはあっという間の出来事で、避《さ》けるのはおろか、驚く暇すら与えられなかったアイリであるが、しかし、刃《やいば》は彼女に届かない。

ギルハルトの剣が目にも止まらぬ速度で二本とも叩《たた》き落《おと》したのだ。しかし、すかさず放たれた、もう一本は――。

「っ、ギルハルト……！」

アイリは、悲鳴のように彼の名を叫《さけ》んでいた。

ギルハルトの右肩《みぎかた》に短剣が突《つ》き刺《さ》さっていたのだ。彼は「問題ない」と平静に答えると短剣を抜き取って地面に捨てた。鮮血《せんけつ》が滴《したた》る傷口を押さえようとするアイリを止める。

「いい、近づくな。汚《よご》れる」

「な、何をおっしゃって――なんで、ご自分を盾《たて》にするようなことを⁉」

「妻を助けない男が、この世のどこにいるか」

血が流れるのに取り乱しもせず、眉《まゆ》一つ動かさない。穏《おだ》やかに答えるギルハルトは、自分を取り囲む黒衣の男たちに視線を走らせる。

アイリを騎士の一人に押し付けるなり、剣を構えた。

安全な場所へと近衛《このえ》の騎士に促《うなが》されたアイリはしかし、ギルハルトの様子が常と違うことに気づく。

「ご安心ください、レディ。陛下は少々斬《き》られたくらいではぴんぴんしておいでです」

ところが、その動きが鈍っていることに、やがて騎士も察して息をのんだ。

「まさか、さっきの短剣に毒が……⁉」

夜の市街地、星明かりがあるとはいえ、黒衣の男たちは暗所での荒事《あらごと》に慣れているのか動きが鈍ることがない。

一方の王の騎士たちは、慣れぬ地形と視界の悪さに主を援護《えんご》しあぐねていた。

ギルハルトは毒にふらつきながら、手練《てだ》れの一人と切り結んでいる。

アイリの退避《たいひ》させられた場所、庭木にはギルハルトの愛馬が繋《つな》がれていた。主人の危機的状況《じょうきょう》を察しているのか、馬は怒りを示すように興奮し、いなないている。

馬を落ち着かせようと奮闘《ふんとう》する騎士。それを無視して、馬はアイリに対して訴《うった》えるようなまなざしを向けた。

閃《ひらめ》くように伝わってきた黒毛の馬の意志——手綱《たづな》を強引《ごういん》に奪ったアイリは、庭木の脇《わき》の石塀《いしべい》を足がかりにして鞍《くら》へと飛び乗った。勇ましくいなないた馬は後ろ足で立ち上がって前足を掻《か》く。

「わあああああ⁉　レディ——⁉」

悲鳴を上げる騎士の制止をふりきり、一人と一頭は、心を一つに勢いをつけて激走する。

それは、あっという間の出来事だった。

王に向かって剣を振《ふ》り上《あ》げていた黒衣の男は、猛烈《もうれつ》なスピードで突っ込んできた馬の体当たりを全身に食らい、すさまじい力で跳《は》ね飛ばされる。

周囲に、もうもうとけぶる砂煙《すなけむり》。

ようやく視界が開けたとき、十メートル先の屋敷の壁面《へきめん》に激突した黒衣の男は、ばらばらと降り注ぐ石くれの中で意識を失っていた。

「っ、ギルハルト……！」

アイリは、馬から転がり落ちるようにギルハルトの元へと降り立った。

「ギルハルト……ギルハルト……！　ギルハルト！」

必死に名を呼び、がくりと地面に跪く男の体を抱きとめる。

毒に青ざめ、小さく震《ふる》えるその体は、自分よりも一回り以上も大きいというのに、それでも、このひとが消えてしまうのではと恐《おそ》ろしかった。

「ギルハルト、聞いてください！　私、あなたがいいんです！」

銀色のあの射貫《いぬ》くような瞳《ひとみ》の輝きが、今はひどく脆弱《ぜいじゃく》にまたたいている。その光を繋ぎとめるように、声の限りにアイリは叫んでいた。

「私、あなたを選びます！　ギルハルトが好きなんです！　伝統だとか身代わりだとか、役目だとか、関係ない！　あなたが好きです！　お願いだから死なないで！」

「ああ……死ぬものか」

満足そうにほほえむと、ギルハルトは彼女の腕の中で気を失った。

ギルハルトは夢を見ていた。

夢の中にいるのだとすぐに自覚できたのは、これが、もう何度も見ている夢だからだ。

それはギルハルトが幼い頃《ころ》の、母の記憶《きおく》の再現。

母は先王の正妃《せいひ》だった。気位が高い彼女は、子宝に恵《めぐ》まれずに苦しんでいたらしい。

ギルハルトが生まれる前から先王にはお気に入りの側室がいて、自分が愛されないのは子ができないせいだと、母はノイローゼ気味であった——と、今はもう亡《な》くなった旧臣が痛ましく語ってくれたことがある。

ようやく王太子たる嫡子《ちゃくし》を——ギルハルトを授《さず》かった母は、夫の心が自分に戻ってくると安堵《あんど》した。しかし、彼女は生まれた子を見て青ざめた。

赤子の頭に、異形の耳が生えていたからだ。

彼女は臣下に命じて産婆《さんば》を殺し、赤子に獣《けもの》の耳が生えていたことを誰にも明かさぬよう側仕《そばづか》えに厳命したという。

側仕えの者たちは、母の行いに困惑《こんわく》した。『始祖である人狼の尊い血を濃《こ》く引《ひ》き継《つ》いでおられるのですよ』と諫《いさ》め、慰《なぐさ》めるも、彼女は耳を貸さなかった。

なぜなら、そんな前例は王家の歴史にひとつとしてなかったからだ。

そもそも母は、おとぎ話のような王家の伝承を信じていなかった。その伝承を信じてしまえば、人狼の特性を発現しない自分の夫は尊い血が薄いということになるではないか。彼女にとって王妃という地位は絶対であったし、その絶対の礎《いしずえ》となる夫が最も尊い存在でなければならなかったし、彼女が何よりも欲《ほっ》していたのは、その夫の関心だった。

ともかく母は、ギルハルトの異形の耳を闇《やみ》に葬《ほうむ》り去《さ》ることにした。

後継《あとつ》ぎを産んだのだ。夫の心が戻ってくると安堵したのもつかの間、夫は「よくやった」と口でねぎらいはするものの、子の顔を見ることすらことなく、寵愛《ちょうあい》する側室から離《はな》れようとしなかった。

なんで？　どうして？

絶望した母は、その理由を夫でも自分でもなく、息子《むすこ》であるギルハルトに求めた。

もしかして、側仕えどもが息子の異形の耳を密告した？　そうだ、夫は、子のほうが父より優《すぐ》れた血を引いていると知った。それで矜持《きょうじ》が傷ついた夫は、機嫌を損《そこ》ねているのだ。

母は、疑いを持った側仕えに濡《ぬ》れ衣《ぎぬ》を着せては処罰《しょばつ》し、幼いギルハルトを責めなじった。

彼女の叱責《しっせき》は、矛盾《むじゅん》と破綻《はたん》に満ちていた。恥ずかしくない王太子になれ、皆の誇《ほこ》りになれ、とおごそかに命じるのと同じ口で、醜《みにく》い獣の子め、と罵《ののし》った。

臣民の前で汚《けが》らわしい獣の耳を見せたなら、自害なさいと夢の中の母は言う。

『泣くんじゃありません。王太子として、私の子として、これ以上見苦しい真似《まね》をすれば、この母がおまえを殺します』

喉元に、冷たい短剣の刃《やいば》が突き付けられて――。


悪夢にうめいてギルハルトが目を覚ますと、すぐそばにアイリがいた。

ベッド脇の椅子《いす》にかけた彼女は、腫《は》れた赤い目でこちらを見ている。

「ギルハルト……！」

涙《なみだ》ながらに喜びの表情を浮《う》かべるアイリが胸にすがりついてきて、ギルハルトは彼女の背中をそっと抱き寄せた。あの悪夢を見た後は、いつでも凍《こお》り付くような恐怖《きょうふ》が胸に巣くっていたのに、今はそれがない。

「俺の、夢でなければ……おまえは俺に向かって『好き』と叫んでいたか？」

アイリはまなじりを赤く染め、照れながらも認めた。

「叫んで、しまいました……すみません」

「謝るのか？　では、あれは嘘《うそ》だったのか」

「違います、嘘ではありませんっ！　謝ったのは、公衆の面前ではしたないことをしてしまった、というお詫《わ》びを……」

「ふん？　言い訳が嘘くさいな。俺は、月の晩には、おまえの喉笛《のどぶえ》に噛《か》みつくかもしれん男だぞ？　そんな男を好きになるはずがないものな」

わざと子どもっぽく、意地の悪い物言いをしたにもかかわらず、なぜかアイリは緊張《きんちょう》感《かん》のないほほえみを浮かべてみせた。

「なんだ。そういう心配をなさっているのでしたら、ご安心ください。噛みつかれそうになっても、なだめてみせますよ。私、そういうの得意ですから」

アイリの顔は、王宮に来た初日には考えられないほどの余裕《よゆう》と自信に満ちていた。

一瞬、目が点になるギルハルトは、再び意地の悪い声色《こわいろ》を取り繕《つくろ》って言う。

「ふん？　ずいぶんと大きい口を叩くようになったではないか」

「すみません。でも、私、もう後悔《こうかい》したくないんです。あなたが好きだというのも、あなたを守りたいっていうのも、言うべき時に言っておかないといけないって気づいたんです」

その言葉に、笑顔《えがお》に、嘘もなければ虚飾《きょしょく》もない。

アイリ・ベルンシュタインの何もかもがギルハルトの胸を温かく満たしていく。

こんなに幸福と安堵に満たされたのは生まれて初めての経験で、目頭《めがしら》がじんわりと熱くなり、それがどうしてなのかがわからない。

頬《ほお》に涙が伝って、ようやく自分が泣いていることにギルハルトは気がついた。

「なあ……アイリ？　俺は、また獣の耳が生えたところをおまえに見せてしまうだろう。今だって、いい歳《とし》をしてみっともなく泣いている。他にも、まだまだ見苦しいところをさらすかもしれないんだ。それでも……まだ、この俺を好きだなんて言えるのか？」

不思議そうに藍色《あいいろ》の瞳をまたたかせたアイリは手を伸《の》ばし、ギルハルトの涙を指の背で払《はら》いながら、迷いなくうなずいた。

「もちろんですよ。私は、あなたが大好きです。それに、あのお耳、ふわふわで気持ちがよくて、もう一度撫でられるのが楽しみって――申し上げたら、怒《おこ》ります、か？」

ギルハルトはきょとんとまばたきし、やがて声を上げて笑い出す。

「誰が怒るものか。となれば……あの耳がいつでも出せるよう研究せねばならんな」

我ながら快活で楽しそうな笑い声なものだから、アイリもつられるようにくすくす笑い出す。笑う彼女を抱きしめたギルハルトは、幸せな気持ちと愛情をこめて、すべらかな頬に口づけるのだった。

★☾⋆★

舞踏会《ぶとうかい》から三日後、ベルンシュタイン伯爵家の当主カスパル・ベルンシュタインとその娘、クリスティーナ・ベルンシュタインが王宮に召喚《しょうかん》されていた。

謁見《えっけん》の間には、銀狼王ギルハルト・ヴェーアヴォルフが玉座に、その傍《そば》にはアイリ・ベルンシュタインと首席近侍長《きんじちょう》サイラスが控《ひか》えている。

ギルハルトが口を開いた。

「さて、ベルンシュタイン伯。呼びたてたのは、他でもない、ここにいるアイリが誘拐された案件だ。そなたの娘、クリスティーナに拉致監禁《らちかんきん》の容疑がかかっている」

アイリを誘拐した実行犯は、その日に捕《とら》えられて事情聴取《ちょうしゅ》が進められていた。

ギルハルトが叩きのめした悪漢のうち、身なりのいい男たちは貴族の子弟《してい》であったが、彼らは実家から見放され王都の裏通りでくすぶる身の上であったという。

そして残りは、王都の裏通りにたむろするごろつきだった。

貴族の子弟の二人は、日銭《ひぜに》を求めていたところ、見知らぬ紳士《しんし》から仕事を持ちかけられた。『王の婚約者、ベルンシュタイン伯の令嬢《れいじょう》から極秘《ごくひ》の依頼《いらい》だ。養女の姉が邪魔《じゃま》だから攫ってほしい』と。

「違う、そんなはずがない！」

詮議《せんぎ》の途中《とちゅう》、割り込んだのはベルンシュタイン伯爵だった。

「陛下、私の娘は無実でございます！　クリスティーナ！　おまえは、王妃の座を約束された、特別な娘なんだ。そんな馬鹿なことをするはずがない、そうだろう⁉」

しかし、クリスティーナは父親の呼びかけに応えない。その露骨《ろこつ》な無視をベルンシュタイン伯爵は都合よく受け取って大きくうなずいた。

「こんなに怯《おび》えて、かわいそうに！　私のかわいいクリスティーナ、お父様に任せておきなさい。すぐにおまえの潔白を証明してみせるぞ。陛下、おそれながら申し上げます。この子は、虫も殺せぬほど心優《やさ》しい娘なのです。そちらのアイリめが、この子を陥《おとしい》れようとしているのでございます！　それが証拠《しょうこ》に先日、ただ挨拶《あいさつ》に来ただけのはずのアイリは、図々しくもあなた様の婚約者に収まろうとして——」

「静粛《せいしゅく》に」

伯爵の唾《つば》を飛ばしての熱弁を、ギルハルトは短く制した。

「ベルンシュタイン伯。そなたには誘拐事件とは別に、質《ただ》したいことがいくつかある」

「別に？　しかし、クリスティーナの潔白がまだ——」

「そなたの詮議から済ませたほうが、話が早そうだからな。まずはアイリ・ベルンシュタインの伯爵家での扱いについて、いくつか確認《かくにん》を取りたい」

「……は？」

「ドレスや装飾品《そうしょくひん》は実の娘クリスティーナには常に新たに買い与えていた。一方、養女のアイリには彼女の亡き母の古着を直して着させ、装飾品を与えたことはなかった。相違《そうい》ないな？」

「……？　失礼ながら、なんのお話をなさっているのでしょう」

「相違ないな、と訊《き》いているのだ。応えよ、ベルンシュタイン伯」

伯爵は、怪訝《けげん》そうに眉根《まゆね》を寄せていたが、やがてハッとしてアイリを睨みつけた。

憎々《にくにく》しげな視線がアイリを詰《なじ》る。おまえ、告げ口したな！　と。

そして次の瞬間、何を思ったか、ふふふ、と含み笑いをした叔父《おじ》は、口を開いた。

「……なるほど、さすがは幼少の頃より神童とうたわれた銀狼陛下、アイリめがニセモノの婚約者として侍《はべ》っているうち、『これはおかしい』と真実に勘付《かんづ》かれたのですな。それを実証するために、この私を召喚なさった、というわけですか」

いやはや、と前髪《まえがみ》をかき上げると、叔父はアイリを指して言う。

「おっしゃる通り、私どもはアイリに新しいドレスを買い与えなかった。しかし、それは、アイリがそうしてくれと私に願い出たからです。にもかかわらず、私どもに虐《しいた》げられたとでも申し上げたのでしょう？　あたかもつましいフリをして、恐ろしい！　私も気づいてはおったのですよ、この娘の強欲《ごうよく》を。なにせ、伯爵家をのっとろうとしていたのですから。動かぬ証拠はアイリの部屋にありますぞ――ベルンシュタインの家宝がね！　当主である私を差し置き、今は亡き私の母に取り入り、授かったものでございます」

話しているうち徐々にヒートアップし始め、叔父は口角泡《あわ》を飛ばしてまくしたてる。

「なんという狡猾《こうかつ》な娘だ！　先王陛下がお認めになった婚約者である妹を出し抜き、こうして王妃として収まろうとしているのもまたいい証拠だ！　陛下、お願いいたします。どうか、この悪魔《あくま》のような娘をぞんぶんに処罰なさってくださいませ！」

「……言いたいことはそれだけか」

話の間、退屈《たいくつ》そうに玉座のひじかけに頰杖《ほおづえ》をついていたギルハルトは、サイラスに目顔で合図する。

サイラスは前に出ると、うやうやしく辞儀《じぎ》をして言った。

「ベルンシュタイン伯からレディ・アイリへされた仕打ちは、レディ・アイリの証言ではありません。すべて、私の配下がベルンシュタイン家から聴取した内容です」

伯爵夫妻は、アイリをまるで使用人のように働かせていたこと、鼻持ちならない妹と、ひっこみじあんな弟の面倒《めんどう》をアイリは甲斐甲斐《かいがい》しく見ていたこと。

「ベルンシュタイン伯はとにかくケチということで、屋敷の使用人に多額の給料未払《みばら》いが発生しています。物申したくてたまらなかった使用人たちは、それはもうぺらぺらとしゃべってくれた、との報告です。この十数年の間に、何人もの使用人がやめざるをえず、そのしわ寄せはすべてレディ・アイリにいっていたと」

さらに、先代伯——アイリの父親を慕《した》っていた古株の執事《しつじ》は、先代はすばらしい主人だったと証言した。その老執事は、給金の不払《ふばら》いにより働き続けることが難しく、泣く泣く伯爵家を離れたという。先代の娘であるアイリは、自分たちを最後まで慮《おもんぱか》ってくれたのだと、涙ながらにアイリを案じていた、との報告だ。

「さらに、先代伯から管財をしている人物からも告発がありました。『現ベルンシュタイン伯は、ろくろく統治の仕事をせず、先代伯が、弟が困らぬようにと遺言《ゆいごん》に手順まで記していた帳簿《ちょうぼ》つけを滞《とどこお》らせた挙句、賭博《とばく》にハマって借金まである』とのこと」

クリスティーナが王妃に収まりさえすれば、金はいくらでも入ってくると豪語していたと、社交仲間の貴族たちからも証言を得ている。

サイラスは「さらに」と、アイリのほうに視線を走らせ報告を続けた。

「管財人によると、先代伯はかなりの額の財産を遺《のこ》していらした、とのことです」

ここで明らかにぎくっと肩を震わせた叔父は、目に見えて青ざめ、口を挟《はさ》もうとした。

しかし、ギルハルトの眼光に圧《お》され、ぎりぎりと歯ぎしりすることしかできない。

「その遺産は『娘のアイリが結婚《けっこん》するときの持参金にするように』と。管財人は先代伯の遺言を履行《りこう》すべく管理していましたが、二年前、『アイリを嫁《よめ》に出す』と、そちらの現ベルンシュタイン伯に申し出られ、レディ・アイリ宛《あ》ての遺産すべてを引き出したそうです」

ところがアイリに嫁《とつ》ぐ予定などなく、遺産はギャンブルの借金返済に充《あ》てられた。

父が自分のために遺言を遺《のこ》していたなど知らなかったアイリは、震える声で問う。

「叔父、様……？　お父様は、私を厭うていたと……私に、何ひとつ遺さずに逝《い》ったとおっしゃったではありませんか？」

うるさそうに顔をしかめるばかりで、叔父は何も答えない。

ギルハルトがその態度に呆《あき》れたように呼びかけた。

「貴殿《きでん》、アイリに嘘を教えたな？　アイリよ、わかっただろう。おまえの父親は、おまえを深く愛していたんだよ」

「そんな……お父様……」

アイリは記憶にない父を想《おも》って涙を流す。

――私は、誰にも必要とされていなかったわけではなかったんだ……！

「ベルンシュタイン伯――いや、カスパル・ベルンシュタイン。今、この場で爵位《しゃくい》の返上を命じる。伯爵位は先代の娘であるアイリ・ベルンシュタインに移ると心得よ」

ギルハルトはそう申《もう》し渡《わた》した。ルプス国では配偶者《はいぐうしゃ》がいれば女性も爵位を継ぐことができるのだ。

「はあ⁉　い、いったい、何をおっしゃっておいでです？　あなた様が嫡子であるのと同様に、私は責任ある後継ぎですよ、私が当主なのです！　それに比べて、こんな小娘《こむすめ》に、何ができるというのですか⁉　私が金を使ったのは、我がベルンシュタインにとって必要な投資だった！　たかが小娘の金を少しばかり借りたくらい、なんだというのでしょう？　爵位を取り上げるなんて、おおげさではありませんか！」

引きつったような泣き笑いでアイリを指さす叔父に、ギルハルトはため息をつき不快を露《あら》わにした。

「アイリが何もできない小娘だと？　今まで、いったい何を見てきたのだ？　献身《けんしん》に気づきもしなかったと？　この年若い娘に、どれだけの負担を強《し》いていたかわかっていないと？」

「そ、それは、アイリが勝手にやったのです！　私は、私は何もしていない……！　この私に、いったいなんの罪があるというのです!?」

「貴様の罪は、何もしなかったことだ。領主として統治者としての責任放棄《ほうき》に他ならん。領地管理の怠慢《たいまん》、さらには王家の名をも貶《おとし》めた」

そしてギルハルトが、何よりも怒りを露《あら》わにしたのは——。

「アイリに対する虚偽《きょぎ》申告、横領は悪質極《きわ》まりない。覚悟《かくご》をしろよ、カスパル。余は、余の妃《きさき》を侮辱《ぶじょく》する者を誰であっても許す気はないからな」

ギルハルトは裁きを言い渡した。

「伯爵領はアイリ・ベルンシュタインと、王との共同統治とする。おまえの息子は王都のいっとう厳しい寄宿舎付きの学校へやるように。息子が統治者としてふさわしい成長をすれば、成人した折に伯爵位を譲《ゆず》るとしよう」

カスパル・ベルンシュタインとその妻は王都からの所払《ところばら》い。

「息子に爵位を継がせてやりたければ、領地の管理者として一生を田舎《いなか》の所領地で過ごせ。きちんと管理をし、まっとうに徴税《ちょうぜい》することだ」

そして、本来はアイリのものであった遺産を全額返却《へんきゃく》するようにと厳命する。

「使い込んだ金額は分割《ぶんかつ》で毎月徴収《ちょうしゅう》する。必ずだ。ほんの少しでも定めた額に足りなければ、上乗せで追徴《ついちょう》すると心得よ。抜き打ちで監査人《かんさにん》を派遣《はけん》してやるから、楽しみにしておけ。所領に不当な重税を敷《し》いてみろ、同じ倍率で貴様への徴収額の利息を上乗せしてやる。逃げたくば逃げればいいが、当然、伯爵領は息子には継がせん。妻子は路頭に迷い、貴様は追われる身。ただの罪人として生涯《しょうがい》を終えるのだ」

「そんな……お待ちください、陛下！　公正な裁判を！　弁護士と話をさせてくれ！」

「ああ、もちろん、かまわんぞ。沙汰《さた》が甘すぎると思っていたところだ。じっくり腰《こし》を据《す》えてやろうではないか？」

凶悪《きょうあく》な笑《え》みを浮かべる銀狼王に、叔父は震えあがった。

途端《とたん》、これまでの居丈高《いたけだか》な態度をかなぐり捨て、叔父はアイリの足元にすがりつく。

「アイリよ！　お願いだ、助けてくれ！　これまで面倒を見てやったではないか⁉」

アイリは、ほとんど茫然《ぼうぜん》として言った。

「叔父様……お父様について、どうして私に嘘をついたのですか……？」

「っ、くそ！　犬でも恩を忘れないというのに、おまえには血も涙もないのかっ！　ああ、もういいっ！　この恩知らずめが！　クリスティーナ、かわいいクリスティーナや」

業《わざ》を煮《に》やした叔父は、実の娘を振り返る。

「そもそも、おまえが逃げたせいで、こんな事態になったことをわかっているだろう？　全部おまえが悪いのだから、ほら、陛下に跪いて謝りなさい。そして、お願いなさい！　どうかあなた様の正当な婚約者である私を見捨てないでください、と！」

「………………馬鹿じゃない？」

ここまで黙《だま》って成り行きを見ていたクリスティーナが、冷たく言い捨てた。

驚いた叔父は、狼狽《ろうばい》しながら愛娘《まなむすめ》の顔を覗き込む。

「お、おまえ、どうしたというのだ？　父になんという口を」

「やだぁ、近寄らないでくださる？　人間の小ささが伝染《うつ》りますわ。お父さま、あなた、ずうっとお姉さまのお父さまに――亡くなった伯父《おじ》さまに嫉妬《しっと》してたんでしょ？」

「は、何を言って――」

「おばあさまから、優秀《ゆうしゅう》な伯父さまと比較《ひかく》されて劣等感《れっとうかん》を抱いてたのよねぇ？　家宝を託《たく》されたのが自分じゃなくてお姉さまだったことをずーっと根に持っていたんでしょ？　ほんっと小さい男だこと。あんまり馬鹿げてるから、あたくしが売ってさしあげましたわ」

「売る？　何を――」

「決まってるでしょ、あのダッサいネックレスよ！　王都の骨董屋《こっとう》に二束三文で売り払いましたわ。ああ、せいせいした！」

クリスティーナの聞こえよがしの嫌味《いやみ》な口調と高笑いにカッときたカスパルは、次の瞬間、愛娘の頬を張り飛ばしていた。

娘を罵倒《ばとう》し、喚《わめ》き散らすカスパルは騎士に数人がかりで押さえつけられ、謁見の間から引っ立てられていく。アイリは床に倒れ伏したクリスティーナの背を助け起こした。

「クリスティーナ……どうして？　どうして叔父様にあんなことを？」

妹は、叔父を猫撫《ねこな》で声《ごえ》で上手に転がしこそすれ、煽《あお》るような真似をしたことは記憶の限り一度もなかったはずだ。

ふん、とクリスティーナはそっぽを向いた。

「だって、いつまでも見苦しいじゃない。あなたのお父さまが亡くなっても、あの馬鹿父は、ずっと嫉妬し続けていたのよ？」

カスパルは、姪《めい》であるアイリにまで恨《うら》みをぶつけるべく、これみよがしに実の娘と待遇《たいぐう》に差をつけた。クリスティーナを王妃に据えれば、自分の功績は兄のそれよりも勝《まさ》るはずだと。未婚《みこん》の令嬢であるクリスティーナが社交界に出るのを止めず、積極的に『クリスティーナこそが未来の王妃』と貴族社会に喧伝してまわったのもそれが理由だった。娘の外聞よりも、自分の栄光を取ったのだ。

クリスティーナは当初、アイリに対する父の行いを止めさせようとしたという。

「だけど、誰もあたくしの言うことになんて耳を貸さないんですもの」

クリスティーナは腹を立てたのだ。祖母がアイリに対して、『おまえの父と母はおまえが殺した』という呪《のろ》いを浴びせたときにも、同じだった。

『そんな馬鹿な話、あるわけないでしょう』という妹の言葉ではなく、アイリは祖母の非情な言葉を真に受けたのだ。

姉には周囲の和を乱すのを恐れ、苦労をしょい込む気質がある。しつこく言ったところで、耳を貸さないだろうとクリスティーナは画策した。

「だから、あたくし、ベルンシュタインでの力が欲しくて、お父様が『おまえを何が何でも王妃にする』って言ったのに乗っかりましたのよ。まあ、あたくしの美貌《びぼう》なら王妃に選ばれるのも当然ですし」

「…………」

「…………」

高慢《こうまん》に言ってのけるクリスティーナに、銀狼王とその近侍は閉口し、アイリは初めて聞いたその動機に驚いていた。

王妃になれば、父より立場が強くなる。

亡き祖母よりも当然、発言権は強くなるのだ。そうすれば姉だって、自分の言葉に耳を貸すだろうと。そう思って、これまで王妃候補としてやってきたけれど――。

クリスティーナは、姉の腕の中でため息をついた。

「本当に何も選べなかったのは、あたくしでしたのね」

ギルハルトの戴冠式《たいかんしき》に出席した二年前、そして社交界デビューの一年前、謁見した王の姿は、どういうわけか本能的にひどく恐ろしく感じていた。

日に日に募《つの》る恐怖を見栄《みえ》と意地で隠《かく》す日々。

そして、一か月前のことだ。出入りしている貴族御用達《ごようたし》の会員制のサロンで、『王は恐ろしい暴君になり果ててしまった』という情報を耳にする。やがて王宮から顔合わせの日取りが知らされ……姉を守ろうとしていたのを忘れて、クリスティーナは逃げ出した。

姉であれば興奮した闘犬《とうけん》でさえ、なぜだか一瞬でなだめることができるのだ。きっとうまく暴力から逃《のが》れられるだろう。そう都合よく自分に言い聞かせて。

「王都に潜伏《せんぷく》していたときに、お姉さまが宮廷《きゅうてい》を訪《おとず》れた途端に銀狼陛下は穏やかさを取り戻したって聞きましたの」

同時に、月の聖女反対派の苛烈《かれつ》な動きを聞きつけた。姉が寵愛されていることをひどく不満に思っている者たちがいる、と。

姉の身が危ない！

臆《おく》して逃げた罪悪感も手伝い、慌てて家に戻ると、舞踏会の招待状が届いていた。

おかげで、アイリが姿を消した直後、本来の婚約者として堂々と王に近づいたクリスティーナは、姉に危険が迫っていると警告できた。その情報と、サイラスの使役《しえき》する密偵《みってい》の情報を元に、連れ去られた先をすみやかに特定できた、というわけだ。

「やっぱり、私を攫った犯人は……月の聖女反対派、だったんですね」

静かに言ったアイリに、ギルハルトはうなずいた。

妹の依頼で動いている、と実行犯は言っていたがベルンシュタインはただでさえ金欠なのだ。自由に動かせる金などない妹に、あれだけの人数を雇《やと》えるはずがない。

アイリを攫った三人の男のうちの一人――見覚えのあった男は、先日、回廊《かいろう》ですれ違ったグレル侯爵《こうしゃく》の従者だったのだ。

「王都に潜伏中のグレル侯《こう》の従者を捕えた」

実行犯の貴族の子弟が同じ時刻に居合わせたと証言する者も複数人いるという。

「アイリの顔を知るそいつが、王都でくすぶっていた男どもにアイリの誘拐を依頼したんだよ。でたらめを吹き込んでな」

ちぐはぐな様相をしていた実行犯たち。捕《つか》まった者はみな、『クリスティーナ・ベルンシュタインという貴族令嬢に依頼された』と信じきっていた。

サイラスが淡々《たんたん》と報告する。

「人柄《ひとがら》も能力も優れた先代のベルンシュタイン伯は、ルプス国の貴族間では有名です。レディ・アイリが人徳者である先代の娘であること、ひるがえって放蕩三昧《ほうとうざんまい》なカスパル・ベルンシュタインや高飛車なレディ・クリスティーナに反感を持つ者が大勢おり、あたかも侍女《じじょ》のように扱われているレディ・アイリには、貴族間でも同情の声が数多くありました」

そこで、グレル侯爵は悪役に仕立てやすい妹に罪をなすりつけようとしたわけだ。

「月の聖女の血を引く令嬢ありきのベルンシュタイン伯爵家です。姉妹《しまい》を同時に潰せば、破滅《はめつ》すると企んだのでしょう」

「グレル侯爵には念入りな詮議の後、沙汰を下す。当然、厳罰《げんばつ》だ」

ギルハルトは明言した。

それを聞いたクリスティーナは、ほっと肩の力を抜くと、姉の腕から離れて立ち上がった。アイリも立ち上がり、言った。

「クリスティーナ。あなたはおばあさまのおっしゃったこと、気にしないでと言ってくれていたのよね。それを今頃になって思い出すなんて……ごめんなさい」

クリスティーナは姉の顔をちら、と見てから、ふん、と顔を逸《そ》らした。

「本当に、今更ですわね。別にいいですけど」

「おい待て、妹」

納得《なっとく》いかない、という顔をしてギルハルトが声を上げる。

「貴様、あたかも『姉のために尽力《じんりょく》した』と言いたげだが、アイリを侍女のようにこき使ったのは事実だろう。結局、父親の尻馬《しりうま》に乗っていいようにやっていただけではないのか。本当に姉を想っていたのなら、もっとやりようがあったはずだ」

むっと顔をしかめて、クリスティーナは言い返した。

「あのクソ父、使用人への給料未払いから帳簿つけをさぼってるのがバレて、それを咎《とが》めたお姉さまを殴《なぐ》りやがったのよ？　『小娘が、知ったふうな口を利《き》くな！』ってね。クソ父の機嫌損ねないようにしなきゃ、お姉さまに何するかわかったもんじゃないわ。まったく、イヤになる……ご自分ができるもんだから、他人もできて当然だって思う権力者って、ちっとも話が通じないのよね」

妹の不敬な言動にアイリはぎょっとする。

「クリスティーナ、陛下に対してなんて口を利くのっ⁉」

諫める姉に、しかし妹は悪びれない。

「あたくし、このひとに一度、殺されたも同然ですのよ？　せめて、このくらいは言わせていただきますわ」

さりげなく、ちゃっかりと姉の背に隠れて物言いをするクリスティーナは、やはり、舞踏会の会場で王から殺気を向けられていたのに気づいていたのだ。

「それに、どうせあたくしにも重い罰があるのでしょう？　だったら何を言ったって同じですわ。あーあ、毒親持ったことない人間に何を話しても埒《らち》があかない。こっちは自己実現の道具にしかされてないっていうのに、『子どもを愛さない親はいない』なんて本気で信じてるんだから」

　ぼやくクリスティーナは憤慨《ふんがい》しているようだった。まさか、遊び好きで奔放《ほんぽう》なばかりだと思っていた妹が、そんな考えを持っていたなんてちっとも知らなかった。

　アイリが、ギルハルトをおそるおそる振り返ると。

「毒親くらい、持ったことあるわ！」

　ギルハルトもまた、憤慨していた。傍《そば》に控えるサイラスが、呆れたように自らのメガネのブリッジを中指で押さえ無表情にたしなめる。

「おそれながら、陛下。馬鹿正直にご自分の汚点《おてん》をさらけださないでください。威厳《いげん》がそこなわれます」

「……っ」

　ギルハルトはいらいらとため息をついて、それでも忠言を聞き入れた。威厳ある王として、背筋を伸ばし、咳払《せきばら》いするとおごそかに口を開く。

「どんな事情があれど、貴様はアイリに危険を押し付け逃げ出した」

「『危険』のご本尊が何かおっしゃられているわぁ」

　懲《こ》りないクリスティーナが聞こえよがしに皮肉を言えば、王は頬を引きつらせる。

「……いい度胸ではないか……さて、貴様にはどんな罰をくれてやろう……」

「お、お待ちください！」

アイリは沙汰を下そうとするギルハルトに対して、声を上げる。

妹の代わりに令嬢としてのスキルを身につけておいたおかげで、陛下が気に入るお菓子《かし》やお茶を用意できたし、立ち居ふるまいも学べた。

ダンスも練習に苦労することなく、スムーズに挑《いど》むことができたのだ。

自分を庇《かば》う言葉に、クリスティーナは姉の背後で小さな声を震わせた。

「お姉さま……あたくし、逃げたりして……ごめんなさい。これまでつらい思いをさせて。せめて優しい言葉をかけられればよかったけど、自分から反抗してくれないお姉さまにイライラしてばかりで……ごめんなさい」

「クリスティーナ、私のほうこそ謝らないといけないわ。王妃候補として社交界に出ていたあなたは他の令嬢に、ずいぶんいじわるされてきたわよね。私、あなたのお姉さんなのに、守ってあげられなかったわ。酷《ひど》い言葉もたくさん浴びてきたのよね」

アイリであれば、容赦《ようしゃ》ない陰口に耐《た》えられなかったかもしれない。

がんばったわね、と涙ながらにねぎらうアイリに対し、妹はきょとんとした。

「がんばった？　何をおっしゃってるの、お姉さま。あたくし、社交界で嫉妬と羨望《せんぼう》を向けられるの、超《ちょう》気持ちよかったですわよ？」

「え……」

「驚くなんて、おかしなお姉さま！　犬にキャンキャン吠《ほ》えたてられてうるさく感じても、腹を立てる人間がこの世にいまして？」

見栄でも虚勢《きょせい》でもない。クリスティーナは本当にわからない、といった顔だ。

こういうところは見習わないといけないわ、とアイリは強く思い、サイラスは無表情のまま「ぶふっ」っと吹き出し、ギルハルトは再びぶちキレそうだった。

「反省の色がない。貴様は、修道院送りだ」

「今ですとルプス北西端《たん》の修道院がホットです。日々の奉仕《ほうし》活動は最上級につらく厳しく容赦なく、一日二回の食事はカッチカチのカビの生えたパンと塩水スープだそうで」

何やら興《きょう》が乗りはじめるメガネ近侍のピックアップ情報を聞いて、アイリは震えあがる。

「そんな……おなかを壊してしまうわ！　クリスティーナ、今すぐ陛下に謝って！」

「嫌《いや》ですわぁ」

つーん、とそっぽを向く。開き直った妹は、そっと姉の手を取ると、涙ながらに訴えた。

「そんなことより、あたくしぃ、お姉さまが凶暴《きょうぼう》な上にこんなにも横暴で狭量《きょうりょう》な男に嫁ぐなんて心配でたまりませんのよ。クソなお父様も、ど田舎から一生出てこられないわけですし、遺産の返却もあるんですし、王都でテキトーに弟を学校に通わせながら、後見人としてのんびり暮らせばいいんじゃなくって？」

むろん、ウソ泣きである。

肉を切らせて骨を断《た》つ。姉の視線から外れ、ニタァ、と底意地悪く笑ってみせるクリスティーナの嫌がらせは的確であり、確信的だった。

「っ、おのれ、妹！　言わせておけば……！　サイラス、すぐに連れて行け！　配流先《はいる》では足に鉄球くくりつけておくよう命じてくれるわ！」

「修道院は獄《ごく》ではありませんよー⁉」

それから、しばらく丁々発止の言い争いはあったものの、アイリの必死な訴えによってクリスティーナは特別に恩赦《おんしゃ》が与えられ、毎食カビパンの刑《けい》は免《まぬが》れるのだった。

謁見の間からさがったクリスティーナを、サイラスは城外まで送り届ける。

姉のとりなしで田舎の所領送りで済んだ彼女は、領地経営を真面目に手伝うこと、という沙汰でケリが付きそうだ。

馬車を待つクリスティーナに対して、サイラスは、なにげない調子で問うてみる。

「失礼ながら、あなたは本当に王妃になるつもりがあったんですか？」

それは、ずっと疑問だったことだ。

「……あったわ。当然でしょ」

どこか疲《つか》れたようにそう答えるクリスティーナは輝かしい未来を失ったのだ。

姉や、未来の夫であったはずのギルハルトの前で見せたのは、虚勢と、最後の意地といったところか。

王の婚約者だと社交界で触れ回ってきたというのに、ふたを開けてみれば自分の影《かげ》のように付き従っていた姉にすべてをかっさらわれる形となった。『悲劇の令嬢』として同情の声が囁《ささや》かれていた姉の逆転劇は、あっという間に社交界に喧伝されるだろう。

王都での華《はな》やかな暮らしから一転、クリスティーナは羊と馬の世話に追われる日々となる。それでも、都会に戻ってこようとは思うまい。

嫉妬と羨望の陰口はむしろ心地《ここち》いいと嘯《うそぶ》いたこの妹であるが、社交界からの『ざまあみろ』という快哉《かいさい》と嘲《あざけ》りは屈辱《くつじょく》のはずだ。見栄を重んじる令嬢にとって何より耐えがたい罰――それも仕方のないことだ。サイラスには、彼女自身が招いた結果だとしか思えない。

「あなた、王妃になる気があったという割に、ご自分は何もしなかったではないですか。姉君に、令嬢としての素養を身に着ける努力を押し付けていたでしょう」

眉をひそめたクリスティーナは、しばらく黙り込んでから口を開く。

「だって……ハリボテだと思ってたんですもの。貴族の間で交《か》わされることなんて」

「ほう」

「何もかも、見た目さえ美しければ、中身なんて誰も見ていないんだってね。貴族令嬢のお茶会で、建前上は自分で作ったお菓子をふるまい合うってことになっているけど、実際に作ってる女なんて、ただの一人もいなかったわ」

愚直《ぐちょく》な姉は、そんな令嬢たちとは相いれない人だった。不器用な姉が貴族の社交の場に出るなんて、とんでもないことだと思っていた。

女どもの陰口ごときで、それも、クリスティーナに対するものですら心を痛めるような弱い姉なのだ。きっと傷つくだろうから、自分こそが守ってやるつもりだった。それでも心の底では、もしや、と思うこともあったとクリスティーナは言う。

「『月の聖女』だなんて、頭のふやけたおとぎ話だと思っていたのよ」

貴族サロンの噂では、暴君化した王は獣の如《ごと》しと囁かれていた。姉の手にかかれば荒《あら》ぶる獣が魔法《まほう》のように鎮《しず》まるさまを、幼い頃から見続けてきたのだ。

姉があまりにもそれを誇ったりしないものだから、特別なことだとも思わなかった。いや……本当は、気づいていたのかもしれない。社交界に出て、そんなことができる人間がいるなんて、ただの一度も聞いたことがなかったから。

そして舞踏会で獣のごとき王の殺気を目の当《ま》たりにし、姉がそれを鎮めてみせた。

「姉君の『月の聖女』の資質に薄々気づきながら、黙っていらしたんですね」

クリスティーナは、きゅっと唇《くちびる》を噛む。

やはり、この妹は自分に都合よく姉を見誤った挙句に、何もしなかったのだ。

——まあ、ある意味では何もしなかったから、ルプス国は救われたともいえるか。

クリスティーナ・ベルンシュタインは、母親が遠く王族の血を引いているとサイラスには調べがついていた。彼女に流れる遠い王族の血——人狼の血が軽度ながら発現していたとしたら？　同じくクリスティーナに流れる聖女の血に人狼の血が勝っていたとすれば？

ギルハルトは舞踏会で、突如《とつじょ》として攻撃性《こうげきせい》が昂《たかぶ》った。アイリを傍に置いてから、あれだけ荒れていたのが嘘のように、月夜が何度おとずれても精神的に安定していたにもかかわらず、だ。

不可解な事象も、この妹が持つ人狼の血に反応していたと仮定すれば、得心がいく。

「王国史には、人狼の血の濃い王族同士による血で血を洗う争いの記録があります。最終的に、その諍《いさか》いを収めたのは『月の聖女』だったそうですよ」

アイリ・ベルンシュタインは、舞踏会の会場でそれを再現してみせた、というのはおおげさだろうか。

ともあれ、あの場でアイリは間違《まちが》いなく妹の命を救い、王の権威《けんい》を護《まも》ったのだ。

——もしも、この妹のほうが婚約者として〝第一の儀式《ぎしき》〟に挑んでいれば？

聖殿《せいでん》では血の惨劇《さんげき》が起こっていたに違いない。先王の認めた婚約者をその嫡子たるギルハルトが手にかけたとあった日には、宮廷は大混乱に陥《おちい》っていただろう。

先王に仕えた旧臣と現王派の激しい対立の末、宮廷は二分していたところだ。

――身代わりとしてアイリ嬢が訪れたのは、僥倖《ぎょうこう》という他ない。

当初から、サイラスはアイリの身代わりを疑っていた。

過去に二度、クリスティーナの姿をギルハルトの傍《かたわ》らで見ていたサイラスは、人並み外れた記憶力の持ち主なのだ。事前に調査していた人物像とも乖離《かいり》がある。

ギルハルトが暴君という噂が外部に漏《も》れつつあったのも把握《はあく》していたサイラスは、クリスティーナの逃亡《とうぼう》まで推測していた。

それでも〝第一の儀式〟を強行したのは、むしろ都合がよかったからだ。有事に備えて聖殿の外に配下を置いてはいたが、もしも身代わりがギルハルトに殺されていれば？　それまでの話だ。

身代わりをよこした咎を盾に、生贄《いけにえ》となったアイリは闇に葬り、『月の聖女』の血を引く娘をどんどん差し出せとベルンシュタインを脅《おど》す材料のひとつ程度に考えていた。

本物の『月の聖女』を引き当てるまで、儀式を続ければいい――などと企んでいた事実は、墓場まで持っていく。

――手段を選んでいられなかった。

それだけ事態は切迫《せっぱく》していた。

暴君の噂は社交の場を越え、ギルハルトの王政を大きく揺《ゆ》るがしていたはずだ。

「あなたの姉君は、弱い方ではありませんよ。むしろ、おそろしく芯《しん》がお強い」

——どうかしているくらいにね。

なにせ彼女は、サイラスの独断で殺されかけたことを承知していながら、恨みを持つこともなく、寵愛を得た王に訴えもせず、慮る心さえ垣間《かいま》見せたのだ。

ちなみに、サイラスの分のアプフェルクーヘンも、約束通り取り置かれていて——。

「まったく……どうかしていますよ」

度を越えているだけに、アイリ・ベルンシュタインは危うい存在だ。

——早急《さっきゅう》に、ご自身の価値をよくよく理解してもらう必要がある。ああ、腕が鳴る！

興奮を隠せないサイラスは、思わず無表情のまま笑い声を漏らすのであった。

――終・☾新しい明日へ

一週間後に婚約式《こんやくしき》を控《ひか》えたアイリは、実家に戻《もど》っていた。

ベルンシュタイン伯爵領《はくしゃくりょう》が実質、王の統治下となる。共同統治者として名を連ねるアイリは、所領に関する書類を整理しなければならなかったのだ。

アイリに充《あ》てられた個室は、もともと半分が物置として使われていた部屋だった。

お世辞にも貴族令嬢《れいじょう》の部屋とは思えない、はっきり言ってしまえばみすぼらしい空間の片隅《かたすみ》で、庭の緑を眺《なが》めているのは、輝《かがや》くような美丈夫《びじょうふ》で――。

「アイリ、犬がいるぞ」

「ええ。あれはうちの飼い犬です」

ギルハルトの視線の先、窓の外には、コーギー犬がころころと駆《か》け回《まわ》っていた。

アイリだけに懐《なつ》いていた犬の世話は、妹が引《ひ》き継《つ》ぐことになっている。両者の仲は良好とは言いがたいが、クリスティーナなりにがんばってくれているらしく、今朝も散歩に連れて行ったと言っていたし――散歩というより、一方的に引きずりまわされたようだが

——田舎《いなか》の所領には、牧羊犬の兄弟がたくさんいるので寂《さび》しくはないだろう。

「アイリは、あの犬と俺のどちらがかわいいと思う？」

「は……ええ？」

「冗談《じょうだん》だ」

振《ふ》り返《かえ》るギルハルトが、戸惑《とまど》うアイリを見て、いたずらっぽく笑っている。

公務の正装をまとう国王陛下《へいか》が鷹揚《おうよう》にほほえむ姿は、あたかも一幅《いっぷく》の絵のような麗《うるわ》しさだというのに、みすぼらしい背景がちぐはぐで、錯視《さくし》を起こしそうだった。

恐縮《きょうしゅく》によろめきそうなアイリの手元をギルハルトが指さす。

「それはなんだ？」

「これは、父の遺《のこ》してくれた手紙です」

代々ベルンシュタインの管財を任せている人物から、手ずから受け取ったものだ。その管財人は、アイリに直《じか》に会おうとしていたが、叔父《おじ》により頑《がん》として阻《はば》まれていた。そんな叔父に不信を抱《いだ》き、彼に託《たく》せば破かれたり燃やされたりするのではと、手紙を大切に隠《かく》し持ってくれていたという。

アイリの父からの手紙には娘《むすめ》を遺して逝《ゆ》く詫《わ》びと、アイリとアイリの母を深く愛しているということ。そして、先に亡《な》くなった妻——アイリの母ともども、アイリが幸せになることを何よりも願っていると、記されていた。

「叔父様は、私に嘘《うそ》をついていました……」

それすらも、叔父の報復だというのか？　アイリの父と比較《ひかく》されて育ってきた生《お》い立《た》ちに対しての——。

「妬《ねた》みと恐《おそ》れもあっただろうよ。兄だけではなく、アイリに対してもな」

「私にですか？　そんなまさか……地味で見栄《みば》えがしなくて、なんのとりえもないと、何もできない娘だと、叔父はずっと私に言っていました」

「何かをする娘だと、わかっていたからこそだろう」

ギルハルトは、アイリに向かって手を伸《の》ばした。彼の手の内でじゃらりと鎖《くさり》が鳴る。差し出されたそれは、祖母からアイリに託された家宝のネックレスだった。

「王都中を捜《さが》して買い戻させた」

受け取る手が一瞬《いっしゅん》、躊躇《ちゅうちょ》しそうになるが、アイリはしっかりと受け取った。

「私は……強くならなければいけません」

叔父や妹の言う通りなのだ。自分は何もできない娘だった。

弱さが、恐れが、何も選べない自分にしていた。そのせいでギルハルトから逃《に》げ出そうとして、誘拐《ゆうかい》されてしまったのだ。

「その節は、ご迷惑《めいわく》をおかけしました」

「馬鹿なことを言うんじゃない。おまえが攫《さら》われたのは、許しがたい事件だったが、おかげで宮廷《きゅうてい》の膿《うみ》を出すことができたのだ」

誘拐事件の首謀者《しゅぼうしゃ》、グレル侯爵《こうしゃく》には余罪が疑われ、現在厳しく追及《ついきゅう》中だという。

「おまえは十分に強い。おまえの叔父も、家宝を託されたおまえの強さを心のどこかで恐れていたのだろう。なにせ、あのサイラスの野郎《やろう》がはりきっていやがった。『お世話のしがいがあるお方だ』と」

『この先、アイリ様には、快適な王宮ライフをお送りいただきますよ。たとえ、この命に代えようとね』

おおげさな物言いであると恐縮するアイリであるが。

『聖女様、いったい、どんな魔法《まほう》を使われたのですかー⁉』

あんな近侍長《きんじちょう》、初めてです！　と、驚《おどろ》くエーファをはじめ王宮中の使用人たちからきらめく瞳《ひとみ》で詰《つ》め寄《よ》られた。あの無表情メガネをあそこまで奮い立たせるなんて！　と。

身に覚えがないのでコメントのしようもないのだが……アイリは知らない。それがサイラスなりの贖罪《しょくざい》であるということを。

「おまえは本当に強いんだよ。実際に、アイリの強さがこの俺の呪《のろ》いを解いたんだ」

「そうでしょうか……呪いに囚《とら》われていたのは、私も同じですから……」

ネックレスを手にして俯《うつむ》くアイリに向かって、ギルハルトは問う。

「捨ててしまうか？」

首を横に振ったアイリは、やがて顔を上げた。きっぱりと言う。

「いいえ。弟が伯爵位を継ぐ日に、これを一緒《いっしょ》に渡《わた》します」

今度は『願い』として託したい。この家に縛《しば》り付けるものではなく、家族の本当の幸せと領民の安寧《あんねい》を望んだ、父の願いを。

「どうやら、俺はどこまでも力不足だったようだな」

覚悟《かくご》を秘めたアイリの瞳を見つめていたギルハルトは、自嘲《じちょう》する。

幼い頃《ころ》から剣《けん》を持てば敵《かな》う者はなく、政治の問題も決して楽ではないが臣下の助けを得て乗《の》り越《こ》えてきた。周りからも、万能《ばんのう》の若き王と称揚《しょうよう》されてきた。

「誰《だれ》にもてはやされようが、人狼《じんろう》の血には抗《あらが》えなかったんだ」

先祖返りの不安に心が振り回されるほどに、人並み外れた膂力《りょりょく》も、剣技《けんぎ》の才も、人を率いる力も、何もかもが人狼の血の恩恵《おんけい》だと気づかされ、その力にうぬぼれてきた自分に気づかざるを得ない。

これまでに覚えることのなかった無力感への苛立《いらだ》ちと、母に焼き付けられたおぞましい憎悪《ぞうお》の記憶《きおく》が追い打ちとなって襲《おそ》いくる絶望の日々。

解決の糸口さえ見えなかった。アイリが来るまでは。

「おまえに会うまで、俺は夢の中で母に傷つけられていた。何度も何度も、この身を短剣《たんけん》で切り刻まれていたんだ」

誰にも、この自分を救うことなどできないと思っていた。どうにもならない想《おも》いを一生抱《かか》え続け、独りきりで折り合いをつけねばならないと。

「その呪いから救い出してくれたのは、アイリなんだよ。だから、おまえの呪いを解くのも俺であればいいと思っていたんだが……おまえは一人で打ち勝ち、そして次へと進んでいく。おまえは俺よりも、はるかに強いという証左だ」

「それは違《ちが》います。私を救ってくださったのは、ギルハルトです」

どこにでも連れて行く、と言ってくれた。

ギルハルトに教えられたのだ。

「私は、どこにだって行けるんだって自信を与《あた》えてくださいました。だから、次に進もうと思えたんです。私は、ギルハルトと一緒に行きたいと思ったんです。どこにだって」

彼に会って、自分の知らない自分をたくさん知ることができたのだ。

もっと知りたい。自分のことも、ギルハルトのことも。

ほほえみで応えた銀狼《ぎんろう》王は未来の妃の左手を取り、その薬指に愛情をこめてキスをする。

「俺も同じだよ、アイリ。傍《そば》にいてほしい、もっとおまえを知りたいんだ」

身代わり婚約者アイリ・ベルンシュタインはすべての儀式《ぎしき》をクリアし、正式にギルハルトとの婚約を果たした。彼女は晴れて、『月の聖女』と成ったのだ。

美しく着飾《きかざ》ったアイリは王宮前広場を望むテラスのある部屋にいた。

大勢の民衆のにぎわいが聞こえてくる。婚約式を終えたばかりの銀狼陛下と月の聖女のお披露目《ひろめ》を、人々は、今か今かと心待ちにしている。

――こんなにも大勢の人たちに注目されるなんて……！

やはり注目されるのには慣れなくて身をこわばらせると、その背に触《ふ》れたギルハルトがそっとアイリの左手を取った。その薬指には、婚約指輪が輝いている。

「手が冷たいな。緊張《きんちょう》しているのか？　俺は今日という日が楽しみでならなかったが」

「私もですっ」

アイリが答えると、幸せそうにほほえんだギルハルトは彼女のこわばりをほぐすように優《やさ》しく頬《ほお》に触れ、その反対側の頬に愛情深くキスをする。

そして、祝福に満ちた人々の前へとアイリを導いた。

「今日は特別な日だから、特別に、俺の秘密を教えてやるとしよう」

――オオカミ耳の他にも、まだ秘密が？

驚きまばたく彼女にだけ聞こえる声で、ギルハルトはいたずらっぽく囁《ささや》く。

「実はな、俺の聖女様は、この国の誰よりもかわいいんだよ。だから、早く皆に見せびらかしたくてたまらないのだ」

緊張の色が消え、代わりに笑《え》みをこぼしたアイリの体を、ギルハルトの腕《うで》がふわりと抱き上げる。

テラスから姿を現した幸福な二人の姿に歓声《かんせい》はますます大きく、色鮮《あざ》やかな花びらが舞《ま》い散《ち》る中、祝福に応えてアイリは迷うことなく手を振った。

銀狼陛下の攻略法《こうりゃくほう》が記されたノートは机の引き出しの奥深くにしまわれたまま、この先も、他の誰かに開かれることはないだろう。

終

あとがき

本作をお手に取っていただき、ありがとうございます。くりたかのこと申します。おひさしぶりの読者様がいらっしゃいましたら、またお会いできて心から嬉《うれ》しく思います。

今作を書かせていただくにあたり、ビーズログ文庫編集部様と色々なお話をさせてもらったのですが、電子書籍《しょせき》の扱《あつか》いなどガラリと様変わりしているそうで……時代の移り変わりのただなかに立っているのだな、と肌《はだ》で感じずにはいられません。

私自身、この数年で変化があったとすれば、筋トレを念入りにすれば長時間座《すわ》りっぱなしでも腰《こし》が痛くならない、という気づきを得たくらいでしょうか。しかし忙《いそが》しさで筋トレする心のゆとりがなくなれば、ふりだしに戻《もど》ります。心身のどちらが欠けてもままならない、という実感も同時に得ていますね。どれだけ時代が移り変わっても心身ともに大切にするのが肝要《かんよう》なのは不変に思います。みなさまも、どうかおいといください。

担当編集様、的確な助言を頂戴《ちょうだい》しありがとうございました。くまの柚子《ゆずこ》先生、いつまでも眺《なが》めていたい美しくもかわいらしいイラストを本当にありがとうございます。

そして、ここまでお読みくださったあなた様に最大の感謝を。またお会いできる日が来ますように。

くりたかのこ

■ご意見、ご感想をお寄せください。
《ファンレターの宛先》
〒102-8177 東京都千代田区富士見2-13-3
株式会社KADOKAWA ビーズログ文庫編集部
くりたかのこ 先生・くまの柚子 先生

ビーズログ文庫

●お問い合わせ
https://www.kadokawa.co.jp/（「お問い合わせ」へお進みください）
※内容によっては、お答えできない場合があります。
※サポートは日本国内のみとさせていただきます。
※Japanese text only

身代《みが》わり婚約者《こんやくしゃ》なのに、銀狼陛下《ぎんろうへいか》がどうしても離《はな》してくれません！

くりたかのこ

2021年9月15日 初版発行

発行者　青柳昌行
発行　株式会社 KADOKAWA
〒102-8177 東京都千代田区富士見2-13-3
（ナビダイヤル）0570-002-301
デザイン　島田絵里子
印刷所　凸版印刷株式会社
製本所　凸版印刷株式会社

ISBN978-4-04-736755-5 C0193

定価はカバーに表示してあります。

◇◇◇